언제나
응원과 지지를 아끼지 않는 남편,
아들과 딸, 사위, 손주들은
이 책을 가득 채운 활자의 원형이다

그 나무는 알고 있다

박복임 에세이

그 나무는 알고 있다

인쇄 2020년 10월 30일
발행 2020년 11월 7일

지 은 이 ㅣ 박복임

펴 낸 곳 ㅣ 도서출판 우인북스
등록번호 ㅣ 385-2008-00019
등록일자 ㅣ 2008. 7. 13
주   소 ㅣ 안양시 동안구 시민대로 272, 1305호
전   화 ㅣ 031-384-9552
팩   스 ㅣ 031-385-9552
E - mail ㅣ bb2jj@hanmail.net

ISBN 979-11-86563-24-3
값 14,000 원

그 나무는
알고 있다

마음속 후미진 곳에
반백 년 넘은 싹 하나가
자라고 있었다

박복임 에세이

우인북스

용기를 내어 여기에 자화상을 풀어헤친다.

괴로운 날이 많았다. 욕심을 솎아 내고 마음에 이랑을 돋우며 살아 냈다. 그러는 동안 자양분은 세상에 다 내어 주었다 생각했는데, 마음속 후미진 곳에 반백 년 넘은 싹 하나가 자라고 있었다. 이제 제 몫의 볕을 달라며 설렘으로 손짓한다.

넘어진 나를 일으켜 세워 준 선배 작가들에게 감사한다. '나름대로 개성을 살려 편안하게 쓰라'는 윤재천 교수님의 가르침에 용기를 내어 여기까지 왔다. 마음속 글쓰기의 싹이 활자로 열매를 맺고, 낡은 지도가 진본의 가치를 얻는 건 오롯이 그분들 덕이다.

자신의 건강보다 나의 배움에 더 마음을 써 준 남편에게 진심으로 감사한다. 언제나 응원과 지지를 아끼지 않는 아들과 딸, 사위, 손주들은 이 책을 가득 채운 활자의 원형이다.

고맙고 사랑한다.

2020년 가을 어느 날 **박복임**

PART 5 ; 주름은 이야기보따리

PART 6 ; 비껴가지 않는 삶

해설

PART 1

못다 한 이야기

내면아이의 꿈

단발머리에 검정 고무신을 신은 아이가 눈앞에 아련히 떠오른다. 한겨울 양지바른 담벼락에 기대어 빨갛게 언 손을 호호 불고 서 있다. 추녀 끝에 매달린 고드름을 따서 입 안에 넣고 우두둑우두둑 깨문다. 풍족한 아이들은 생고구마나 무를 깎아 먹는다. 아이는 고드름을 무라고 상상한다. 우두둑 씹으며 하늘을 본다. 까치가 마당 모퉁이, 감나무 가지에 매달린 짚바구니 주변을 맴돈다. 바구니 속 홍시 단내가 탐나 호시탐탐 노리고 있는 것일 게다.

엄마는 검지보다 작은 고염을 장독 항아리에 꼭꼭 눌러 담아놓았다. 동지섣달 긴긴밤 다섯 아이를 위한 간식거리다. 고염은 작기도 하지만 씨가 많다. 한 숟가락 떠서 입 안에 넣으면 목구멍으로 내려가는 것보다 뱉어 내는 씨가 더 많았다.

고염이 담긴 커다란 양은그릇을 방 한가운데 놓고 온 가족이

빙 둘러앉아 먹었다. 그 맛이 참으로 별미고 일품이었다. 밤이 깊으면 뒷동산에서 부엉이가 울어대고, 까만 밤하늘엔 별들의 축제가 벌어졌다. 별똥별이 획을 그으며 떨어지면 고엽 한 바구니 더 달라고 소원을 빌었다. 우리 가족 배불리 잠들 수 있으면 좋겠다고, 한 수저 남은 고엽 덩어리를 서로 양보하며 맘속으로 빌었다. 도깨비불처럼 떠다니는 반딧불이 밤길을 밝혀 주고 있었다.

학교 근처에 사는 것이 가장 큰 소망이었다. 집에서 학교까지는 십 리 길이 넘는 거리였다. 깊은 산골길을, 어린 아이 걸음으로 한 시간 이상 걸어야 했다. 왕복 두세 시간, 등하굣길에 버려지는 시간이 아까웠다. 그 시간을 공부하는 데 쓸 수 있다면 얼마나 좋을까 매일 생각했다.

한여름 장마철에는 산사태가 나기도 했다. 작은 도랑이 순식간에 새빨간 황톳물로 변해 혀를 널름거렸다. 도랑을 건너다가 속사포처럼 흘러가는 물길에 쓸려 내려간 적도 있다. 한겨울이 되면 산고개 능선 길이 꽁꽁 얼어붙었다. 오금을 펴고 걸을 수 없을 만큼 추웠다. 추위는 늦봄이 되어서야 풀렸다. 꽁꽁 언 손발로 그 길을 걸으며, 우리 집이 학교 근처라면 얼마나 좋을까 소망했다. 학교 근처에 사는 친구들을 마냥 부러워 하면서….

우리 집에는 펌프가 없었다. 마중물 한 바가지를 부어 펌프질하면 물이 올라오는 그런 우물물이 있으면 좋겠다는 상상을 했다. 빈 독에 한가득 우물물이라도 채워 두면 부자인 양 든든할 것 같았다. 산나물을 캐고, 바느질로 한 푼 두 푼 모으는 어머니께는 말도 꺼낼 수 없는 소원이었다.

반백이 넘어 돌아보니 내면아이의 꿈이 아득하고 슬프다. 십년이면 강산도 변한다는데 어느덧 내면아이의 강산은 일곱 번이나 변했다. 그 갈망들이 오늘에야 닿았는지, 소원하던 대로 아파트에서 몇 발짝만 옮기면 학교가 있다. 도서관도 지척에 있어 언제든 가서 읽고 싶은 책을 하루 종일 마음껏 읽을 수 있다. 집안에서 온수와 냉수를 마음껏 쓸 수 있다. 간식거리도 건강을 걱정할 만큼 먹을 수 있게 되었다.

그렇게 원하던 일이 가능해졌는데도, 춥고 배고프고 마음에 갈망이 가득하던 그 아이 손을 잡아 줄 길이 없다. 고염을 따서 쟁여 놓던 엄마의 손길도 먼 곳에 있다.

오늘은 춥지 말아라, 내면 아이의 옷을 챙긴다.
꽁꽁 언 손으로 처마 끝의 고드름을 따서 입에 물던, 콧물 범벅의 그 얼굴을 마주보며 웃는다. 거울을 보며 장갑도 챙기고 머리를 보온해 줄 모자도 씌워 준다.

오늘은 춥지 말거라. 오늘은 넘어지지 말거라. 오늘은 추위에 너를 그냥 두지 말거라.

살을 에던 추위보다 더, 마음 시리던 날들은 모두 지나갔다. 따뜻한 물로 주름진 네 몸에 생기를 채우고, 남아 있는 하루하루를 행복하게 지내라.

내면아이의 꿈은 기나긴 세월이 지난 오늘에야 비로소 하나둘씩 이루어진다.

못다 한 이야기

여덟 살 때의 일이다.

엄동설한 어느 새벽, 어머니의 대성통곡 소리에 눈을 떴다. 어머니 곁에는 언니와 오빠가 누워 계신 아버지를 붙들고 울고 있었다. 무슨 일인지 바로 알아채기엔 내가 너무 어렸나 보다. 상여가 떠나던 날, "아버지 잃은 저 어린것들 불쌍해서 어떡혀."라며 사람들이 수근거렸다. 아버지가 돌아가셨나 보다 막연히 생각했다.

눈이 펑펑 쏟아지던 그 겨울날, 어머니는 혼자가 되셨다. 서른여덟 젊은 나이에 남편을 잃고, 그 힘들던 시절에 혼자서 5남매를 키워 내셨다. 지구만큼 큰 짐을 메고, 긴 세월 우리 5남매의 둥지가 되어 주셨다.

다행히 우리 형제들은 우애가 좋았다. 남한테 손가락질받지 않고 잘 자랐다. 그렇지만 어머니가 오빠만 떠받드는 것은 못내 섭섭했다. 상급학교 진학이 좌절되었을 땐 더욱 그랬다. 끼니가 걱정되는 형편인 걸 알면서도 어머니에게 화가 났다.

친구들이 상급학교 진학을 위해 고향을 떠났을 때 나는 베갯잇이 젖도록 숨죽여 울었다. 등 뒤에 누우신 어머니께서 나를 꼭 안아 주셨다. 서로의 슬픔을 입 밖으로 내어놓진 않았지만, 어머니와 나 사이에는 말보다 더 사무치는 감정이 있었다. 말로 표현해 버리기엔 너무 가슴 아픈 상처다.

어머니가 그 상처들을 어떻게 치유하셨는지 나는 알 길이 없다. 억척같이 키워 낸 5남매, 그들의 필요를 다 채워주지 못하는 안타까움을 어떻게 이겨 내셨을까.

내가 부모가 된 뒤에도 그 마음을 헤아리지 못했다.

이십여 년 전 초가을 어머니는 세상을 뜨셨다. 그 후 일 년은 잠을 이루기 어려웠다. 어둡고 차디찬 땅속에서 어머니는 괜찮으신지, 하늘로 잘 가신 것인지….

어머니가 잠들어 계신 산골에 말없이 다녀갔을 가을을 그려 본다. 산까치와 다람쥐는 이 무뚝뚝한 딸보다 더 정겨운 말벗이 되어 드렸을 것이다. 무덤을 감싸고 도는 햇볕은 말없이 어머님 곁을 지켜 주었을 것이다. 혼자 휑하니 앉아 계셨던 아파트의 볕보다는 더 따사로웠을 것이다.

어머니가 세상을 떠나고 벌써 이십여 년이 흘렀다. 내 나이도 예순 살을 넘기었다. 그런데도 어머니가 너무나 그립고 보고 싶다. 아직도 못다 한 이야기가 가슴에 남아 있는 까닭이다.

가을이 되면 어머니 산소를 찾아갈 생각이다. 그토록 갈망했던 대학을 졸업했고 대학원도 마치게 되었다고, 내가 바랐던 삶의 모습과 똑같진 않지만 비슷한 삶을 누리고 있다고, 그러니 미안해하지 않으셔도 된다고 말씀드려야겠다.

어머니는 어떠신지, 병치레만 하다 서른여덟에 떠난 아버지를 만나셨는지, 거기에선 젊은 날에 그리던 고운 신부로 살고 계신지. 내가 더 늙어 어머니를 만나면 그때도 내 얼굴을 기억하실는지…. 돌아오는 대답은 없겠지만 그래도 아픔이 있던 시절보단 이 딸의 얼굴 보기가 조금은 편하지 않으실까.

비 오는 날이면

어느덧 나뭇잎이 무성하게 자라 녹음이 짙다.

불과 며칠 전만 해도 아기 손바닥처럼 가냘프던 연녹색 잎사귀가 이제는 당당하게 푸름을 뽐낸다. 푸른 나뭇잎 사이로 찬란한 태양빛이 쏟아져 눈이 부시다.

녹음 짙은 5월은 행사가 많은 달이다. 문인들과 함께 양평에서 열리는 문학행사에 참석하러 가는 길이다. 며칠 동안은 하늘이 호수같이 맑더니, 하필 오늘따라 비가 내린다. 굵은 빗방울이 차창을 두드리며 떨어진다. 가로수 나뭇잎은 빗방울을 받아 녹음이 더해 가고, 양수리 강에는 세찬 빗줄기가 물결을 일으킨다. 거세지는 빗방울을 바라보고 있으려니 문득 옛일이 생각난다.

내 고향은 산이 높아서 해가 늦게 뜨고 먼저 진다. 낮의 길이가 노루 꼬리만큼 짧다. 마을을 둘러싼 산은 철마다 형형색색 옷을 갈아입어 자연의 위대함을 보여 준다.

이른 봄엔 뻐꾸기와 종달새의 합창이 조용한 산골 마을에 메아리로 울린다. 참새들은 집주인의 허락도 없이 초가지붕 처마에 둥지를 틀어 새끼를 낳고 정겹게 산다. 장대비가 쏟아지는 여름이면 마당 한가운데에 나타난 못생긴 두꺼비가 날궂이 하듯 눈을 껌뻑거리며 기나긴 장마철을 알린다. 어미 닭은 병아리를 양 날개 속에 품고 뜨락 끝에 앉아 꾸벅꾸벅 졸다가 인기척이 나면 벼슬을 곧추세운다. 새끼들을 지키려는 모성 본능이다.

아름다운 고향이다.

지금도 잊을 수 없는 아찔한 추억도 있다. 초등학교 때의 일이다. 집에서 학교까지는 십 리 길이었는데 도랑을 하나 건너야 했다. 그날은 비가 역수로 쏟아졌다. 산자락에서 시뻘건 황토물과 뿌리째 뽑힌 큰 나무가 성난 파도처럼 흘러내렸다. 으르렁거리는 급류를 어린 초등학생들이 건너기엔 역부족이었다. 친구들은 하나둘 집으로 돌아갔다.

나는 학교에 너무 가고 싶었다. 겁도 없이 물속에 발을 들여놓았다. "복임아!" 소리치는 친구들의 놀란 비명에 등교하던 학생들 눈이 모두 나에게 쏠렸다. 급류는 이미 나를 삼킨 채 사납게 흘러가고 있었다. 그 광경을 본 사람들은 발을 동동 구르며 아우성쳤다.

다행히 도랑의 폭이 좁고 구불구불해서 나는 도랑에 가로 걸

친 나뭇가지에 걸렸다. 같은 마을에 사는 고등학생 오빠가 비명 소리를 듣고 둑으로 쏜살같이 달려와서 나를 힘껏 끌어 올렸다. 나는 물에 빠진 생쥐 꼴이 부끄러워 고맙다는 인사도 제대로 하지 못하고 집으로 허둥지둥 돌아왔다.

급류에 목숨을 잃을 뻔한 그 사건은 곧 학교에 알려졌다. 조회 시간에 교장 선생님께서 "비가 많이 오면 도랑 건너편에 있는 인정리, 한곡리, 장위리, 덕곡리 학생들은 학교에 오지 않아도 된다."고 말씀하셨다. 한 친구는 "비가 매일 와서 학교에 가지 않았으면 좋겠다."고 했지만 나는 "비 오면 학교에 갈 수 없으니 도랑을 건너지 않는 곳으로 이사 가자."고 엄마를 졸랐다.

가끔 친구나 고향사람들을 만나면 죽을 뻔했던 그 일을 웃으며 이야기한다. 다른 친구들은 머뭇거리며 집으로 되돌아갈 때 시뻘건 급류를 향해 거침없이 발을 내딛던 나의 대담함을 이야기한다. 몇몇 친구는 "흘러가는 물도 너처럼 겁 없는 애를 데려가기가 겁났던 거야. 그래서 너를 나뭇가지에 버리고 간 거야."라고 농담을 한다.

'십 년이면 강산도 변한다'고 하더니, 고향에 가서 보니 그 도랑 위로 오작교 같은 다리가 놓여 있다. 그 위로 택시와 자가용이 조심스럽게 지나다닌다.

악몽 같은 추억이지만 그래도 비가 오는 날이면 고향산천이 그리워진다. 천둥 번개와 비바람이 온 세상을 집어 삼킬 듯 요란해도 눈만 껌뻑거리던 그 두꺼비, 그곳에 그대로 있을까?

그때 나를 살려 준 그 오빠는 서울 어느 고등학교에 체육교사로 있다가 정년퇴직했다고 한다. 운동신경과 정의감이 남달랐던 걸로 보면 훌륭한 선생님으로 평생을 헌신했으리라 여긴다.

흰머리 성성한 그 오빠도 옛일을 기억하고 있을까. 물에 빠진 사람 구해 주었더니 고맙다는 인사도 없이 가 버렸으니 얼마나 황당했을까. 고향을 찾은 어느 날, 우연히라도 만나게 된다면 예의를 갖춰 고마움을 전하고 싶다. 평생 감사하며 살았노라고…

매미 소리

무더위가 기승을 부린다.

밤 열 시가 넘었는데 매미 울음소리는 우렁차다. 살인적인 무더위에도 매미들은 지치지 않나 보다. 하루 종일 울고도 무슨 힘이 남아 저리도 외쳐 대는지. 사방의 창문을 열어 놓아도 바람 한 점 들어오지 않고, 매미 소리만 요란하다.

문득 보니 방충망에 매미가 매달려 있다. 잠을 자는지 허물을 벗기 위한 것인지 알 수 없어서 조용히 잰걸음으로 돌아서 안으로 들어온다. 꿈쩍 않는 매미를 보니 어린 시절 뒷동산에서 매미를 잡던 오빠가 떠오른다.

전쟁이 끝나고 장난감이라고는 없던 시절, 우리에겐 각종 곤충이 훌륭한 놀잇감이었다. 매미와 여치를 잡아 날개도 펼쳐 보고 다리도 세다 보면 하루가 금방 간다. 밀짚으로 만든 곤충집은 최고의 조립식 장난감이다.

삼밭의 풍뎅이도 매미 못지 않은 즐거움을 준다. 어린아이 키보다 더 큰 삼밭에서 숨바꼭질을 하다가 풍뎅이를 잡으면 자연스레 놀이가 바뀐다. 잡아 온 풍뎅이를 마루에 올려놓고 다 같이 "빙빙 돌아라!"를 외친다. 목청껏 내지르는 소리로는 충분치 않아 마룻바닥을 힘껏 치면, 풍뎅이는 알아듣는 듯 그 자리에서 뱅글뱅글 돈다.

선풍기도 에어컨도 없던 시절, 한낮의 태양은 지금보다도 훨씬 뜨거웠다. 그 무더위 속에서 우리는 턱을 타고 흘러내리는 땟국물도 잊은 채 놀이에 몰두했다. 더위에도 아랑곳하지 않고 자연이 준 선물을 즐기던 그 시절이 그립다.

어느새 밤이 깊어 간다.

여전히 베란다 창틀에 매미가 매달려 있다. 마치 어릴 적 뒷동산을 기억하냐고 묻는 듯하다. 매미채를 들고 뛰어가던 오빠의 뒷모습을 보여 주려는 듯, 꼭 매달려 요지부동이다. 손으로 툭 밀어 떨어뜨릴까도 싶지만, 어린 시절을 소환해 주니 오늘은 정다운 말로 답해야 할 것 같다.

"그래, 매미야. 어리고 활기차던 우리 오빠를 기억하지? 세상 모든 것이 신기하던 내 어린 시절도 기억하고 있니? 나는 어느새 육십 문턱을 넘었단다. 어린 시절 친구들과 멍석 깔고 놀던 뒷동산은 모두 사라졌지만, 여름을 즐겁게 해 주던 너희 울음소리는 그대로구나. 늘 그렇게 변함없이 어느 곳에서나 힘차게 울어 주렴. 내가 나이가 들든 이 세상이 어떻게 변하든 너는 변치 말아라."

우정은 별처럼

고향은 엄마 품처럼 아늑하고 포근하다.

오랜 세월이 흘러도 고향의 기억은 사라지지 않는다. 한 폭의 풍경화처럼 남아 있다. 고향을 떠난 지 수십 년이 지났지만 고향 친구들이 있어 여전히 그곳은 나의 고향이다. 아카시아 꽃향기가 안개처럼 몰려오는, 친구들 목소리가 들리는, 그곳으로 가면 어린 날의 내가 뒷동산에서 보리피리를 만들고 있지 않을까. 해질 무렵이면 녹음 짙은 산등성이에서는 구름과 노을이 춤추고, 엄마 찾는 망아지의 애달픈 울음소리가 들릴 것만 같다.

언제 어디서나 고향이 되어 주던 별 같은 친구들. 어린 시절 함께 바라보던 밤하늘의 수많은 별들… 그 시절 우리는, 쑥대로 모깃불을 지피고 멍석 위에 나란히 누워서 쑥 잎 타는 매캐한 냄새를 맡으며 밤하늘의 별을 헤아렸다. 우리는 밝은 빛을 뿜어내는 샛별을 유난히 좋아했다. 그런데 이제 우리가 지는 별이 되어 자꾸만 사라져 간다.

친구 아버지는 6.25 전쟁 때 인민군에 끌려갔는데, 소식이 없었다. 나중엔 친구 엄마마저 서울로 홀연히 떠났다. 예쁜 구두 사다 준다더니 영영 돌아오지 않았다. 초여름 밤 찬 이슬을 맞으며 그 친구와 나는 손을 잡고 노래를 불렀다.

날 저무는 하늘에 별이 삼형제 /반짝반짝 정답게 속삭이더니 / 웬일인지 별 하나 보이지 않고 / 남은 별만 둘이서 눈물 흘리네.

노래를 부르다 말고 친구는 말없이 손등으로 눈물을 훔쳤다. 웃고 있던 그 서글픈 얼굴은 지금까지 가슴에 남아 있다.

가을이 오고 열매가 알알이 익어 가면 우리는 행복에 젖었다. 황금들판 허수아비는 두 팔을 벌려 새를 쫓고, 농부들의 주름진 얼굴에 맺힌 구슬땀은 풍년을 노래했다. 논두렁을 따라 뛰어다니며 놀다가 정신없이 팔짝거리는 메뚜기와 숨바꼭질도 했다.

고향 산천 겨울은 더욱 잊을 수가 없다.

마을은 새하얀 눈 속에 은빛으로 빛나고, 푸른 솔가지마다 하얀 눈꽃이 피었다. 겨울이 한 폭의 수묵화를 그려 놓았다. 엄동설한 추위도 잊고 처마 끝에 매달린 고드름을 땄다. 누구 고드름이 더 긴지 내기도 하고, 이가 시린 줄도 모르고 우두둑 씹어 먹었다.

눈이 녹고 새봄이 오면, 그해 얽혔던 서운함과 아쉬움은 모두 녹아내리고 우리는 온돌방에 둘러앉아 복된 한 해를 서로 빌어 주었다.

어릴 적 고향친구들을 어찌 잊을 수 있을까. 흉허물 없이, 사소한 오해가 있어도 말없이 기다려 주는 고마운 친구들. 누구보다 나를 잘 알고, 그러기에 의지할 수 있는 그런 친구들이 있어 행복하다. 그 친구들과의 기억은 어제 일처럼 생생한데, 세월과 친구들은 밤하늘의 별처럼 자꾸만 사라져 간다.

새봄이 오면 고향 땅을 밟아야겠다. 동네 어귀에 모든 사연을 안고 우두커니 서 있는 미루나무에게 하소연이라도 해야겠다. 우리의 기억들이 비록 희미할지라도 아직은 현재에 머물러 있다고 말해 줄 지도 모르니까.

오늘따라 유난히 친구들이 보고 싶고 그립다.

고향 친구들이 있어 그곳은 나의 고향이다
아카시아 꽃향기가 안개처럼 몰려오는, 친구들 목소리가 들리는
그곳으로 가면 어린 날의 내가 뒷동산에서
보리피리를 만들고 있지 않을까

초등학교 5학년 가을소풍

낳은 정 기른 정

　오랜만에 고향 친구와 통화를 했다. 같은 하늘 아래에 살면서도 시간이 맞지 않아 만나기가 어렵다. 서로 전화와 문자만 주고받는다. 그 친구와 나는 어려서 아버지를 여의었다는 공통점이 있다. 내 아버지는 병사하셨고, 친구 아버지는 6.25 때 인민군에게 끌려간 후 소식이 없다. 그래서인지 우리는 각별한 사이가 되었다.

　깊은 산골에서 자란 우리에게 장난감은 깨진 기왓장과 사금파리뿐이다. 잔설이 채 녹지 않은 양지바른 담벼락 아래 보라색 오랑캐꽃이 가장 먼저 핀다. 찬바람에 손가락이 곱아 고사리손이 잘 펴지지 않아도, 우리는 그 꽃을 따서 사금파리에 담아 소꿉놀이를 했다. 양 볼은 빨갛게 얼어 시리고 따가웠지만 마냥 즐거웠다. 사금파리에 손을 베어 피가 나도 아픈 줄 몰랐다.
　찬바람에 코를 훌쩍거리며 소꿉놀이에 열중하고 있으면 지나가던 어른들이 혀를 끌끌 찼다.

"아유 불쌍한 것들, 저거 어머이들은 젊은 나이에 어린 것들 데리고 어떻게 험한 세상 살아갈까?"

왜 어른들이 우리만 보면 불쌍하다고 하는지 영문도 모른 채, 우린 졸지에 불쌍한 아이들이 되었다.

스산한 바람이 을씨년스럽게 불던 늦가을이다. 우리는 떨어져 나뒹구는 샛노란 은행잎을 주워 소꿉놀이를 했는데, 친구 엄마가 달려오더니 친구를 꼬옥 안아 주셨다. 부러워서 처다보는 나까지 끌어안고 "엄마가 서울 가서 예쁜 구두 사 올게. 할머니, 삼촌 말 잘 듣고 있어." 하셨다. 그리고 뒤도 돌아보지 않고 쏜살같이 가 버리셨다. 늘 헐렁한 몸뻬와 색 바랜 무명저고리 차림이었는데, 그날은 검정치마와 하얀 저고리를 입고 옆구리에 보따리를 하나 끼고 있었다.

저녁이 되자 동네가 발칵 뒤집혔다. 친구 할머니는 땅을 치며 통곡하셨다. "우리 손녀 불쌍해서 어떻게 하나! 애비 없는 것도 서러운데 이제 애미까지 도망가 버렸으니. 독한 것! 무정하기도 하지! 하늘이 무섭지도 않나! 저 어린 것을 어떻게 해!" 하며 몸부림치다 입에 하얀 거품을 물고 쓰러지셨다.

졸지에 고아가 된 친구는 할아버지, 할머니, 삼촌과 함께 살았다. 사랑을 많이 받았는데도 마음 한 구석에 외로움이 가득한 듯했다. 초등학교에 입학한 후에는 나도 아버지 없는 빈자리가 어떤 것인지 알게 되었다. 아버지 손을 잡고 읍내에 가는 아이들이 한없이 부럽고, 기억조차도 없는 아버지가 그립고 보고 싶었다.

그 시절에는 한 마을에 같은 해에 태어나는 아이들이 제법 많았다. 내 동갑네는 여섯 명이었는데 그중에 아버지가 안 계신 아이는 우리 둘 뿐이었다. 우리는 언제나 단짝으로 붙어다녔고, 잠자는 시간 빼고는 늘 함께 있었다. 초등학교 때도 줄곧 같은 반이었다. 마을 사람들은 우리를 쌍둥이라 부르기도 했다.

친구 할머니와 우리 엄마는 아버지의 사랑은 커녕 얼굴도 기억 못하는 우리를 안쓰러워했지만, 그런 것에 개의치 않고 밝고 명랑하게 잘 자랐다. 학교 성적도 나란히 앞다투어 상위권을 유지했고, 친구들과의 관계도 좋았다. 하굣길에는 진달래꽃을 따 머리에 꽂고는 하얀 이를 드러내며 함박웃음을 짓기도 했다. 목이 마르면 우물가에 달려가 두레박으로 우물물을 퍼 올려 벌컥벌컥 들이마시곤 했다. 우리에겐 매 순간이 행복이었다.

아버지 없는 슬픔도 씩씩하게 잘 견디며 초등학교 5학년 2학기를 맞이할 즈음, 친구 엄마가 찾아왔다.

"서울로 도망간 아무 것이네 며느리가 무슨 염치로 다시 고향 땅을 찾아왔을까?"

마을 사람들이 쑥덕거리며 모여들었다. 친구 할머니의 벼락치는 목소리가 담을 넘어 울려 나왔다.

"네가 어디라고 나타나서 금쪽같은 내 새끼를 데려가려 하나? 응?! 여기가 어디라고 와서 내 새끼를 데려가려고 하느냐고?! 동네 사람들! 다 나와서 내 말 좀 들어 보소!"

백발의 할머니는 큰 아들의 유일한 핏줄인 손녀딸을 이미 남이 된 며느리에게 빼앗기지 않으려고 필사적으로 아귀다툼을 했다. 어른들이 '아기들은 엄마의 이슬을 먹고 자란다' 고 말씀하더니 그 말이 맞는가 보다. 할머니가 그리도 애지중지했건만 친구는 할머니의 울부짖음을 뒤로하고 엄마 지프차에 올라 서울로 떠났다.

오랜 세월이 지난 어느 날, 친구와 밤새우며 옛이야기를 할 기회가 있었다. 재혼한 엄마의 손에 이끌려 서울로 왔지만 새로운 가족과의 관계가 편치 않았다고 한다. 결국 열세 살 어린 나이부터 혼자 하숙을 했단다. 따스한 엄마 품에서 옛날이야기 들으며 잠들 수 있을 거란 기대는 어린 소녀의 간절한 소망일 뿐이었나 보다. 하숙집 빈방에 홀로 누우면 할아버지 할머니가 그립고, 밤하늘의 별이라도 따다 줄 것 같은 믿음직한 삼촌이 보고 싶어서 눈이 붓도록 혼자 울었다고 한다.

풍족하게 살았는데도 할머니가 나무껍질처럼 거친 손으로 머리를 빗겨 주시던 그때가 눈물이 날 정도로 그리웠다고, 투박한 말소리, 꼬질꼬질한 손수건에 쌓여 있던 알사탕 하나, 그걸 입에 넣어 주시던 할머니가 미치도록 보고 싶었다고 한다. 할머니를 찾아가면 엄마를 영영 만나기 힘들 것 같아서 꾹 참았다고도 했다. 엄마의 사랑이 무엇인지, 세상 사람들이 말하는 엄마의 냄새가 무엇인지 알 수 없다고 말하는 목소리에 엄마에 대한 애잔한 그리움과 원망이 스며 있었다.

우리 엄마는 이미 세상을 떠나셨지만 친구 엄마는 구순의 연세로 살아 계신다. 꽃다운 나이에 홀로 되어 나이 많은 남자의 후처로 들어갔던 그분은, 자신이 낳은 딸보다 전처 자식들을 더 정성껏 보살폈다. 하지만 '피가 물보다 진한' 까닭인지, 전처 자식들은 여전히 새엄마를 냉대했다.

재혼한 남편이 죽고 몸도 마음도 의지할 곳이 없게 되자 그분은 여섯 살 때 버렸던 딸에게 말년을 의지하고 있다.

요양병원에 계시는 엄마의 쓸쓸한 모습을 뒤로 하고 나올 때면 발걸음이 무겁다는 친구는 나에게 "낳은 정과 기른 정, 과연 어느 것이 클까?"라고 묻더니 스스로 대답한다.

"낳은 정보다 기른 정이 훨씬 큰 것 같아. 요양병원 침상에 누워 계시는 엄마를 보면 '아, 저분이 나를 낳아 주신 분이구나…' 할 뿐이지, 우리 할아버지 할머니가 돌아가셨을 때 느꼈던, 하늘이 무너지는 것 같은 그런 아픔과 애통한 마음은 전혀 없어. 아마 나는 나쁜 딸인가 봐…"

전화선을 타고 들려오던 친구의 목소리가 서글프고 애처롭게 귓속에서 맴돈다.

PART 2

따뜻한 그늘

서른 살 용기

1980년도 어느 날, 남편은 새 차를 사야겠다고 했다. 아이 셋에 외벌이인 우리 형편에 가당치도 않은 소리를 하는구나 싶어 반대했다.

"아니, 차 산 지가 몇 년이나 됐다고 벌써 바꿔요? 저렇게 멀쩡한 차를 왜 바꿔요?"

그날부터, 나의 반대에도 불구하고 남편은 집요하게 자동차 얘기만 했다. 저녁상을 물리고 나면 다른 이야기를 하다가도 은근슬쩍 자동차 이야기로 화제를 바꾸었다. 자동차는 사람의 생명과 관계가 있다며 틈만 나면 자동차를 새로 사야 할 이유를 댔다. 자동차 매장에 들러서는 '집사람과 아직 합의가 되지 않아서 못 산다'고 했었나 보다. 하루는 자동차 판매원한테서 전화가 왔다.

"사모님, 선생님께서 원하시는 차가 요즘 굉장히 인기가 좋습니다. 역시 선생님은 자동차에 대한 안목이 굉장하시네요. 그 차는 제가 최대한 잘 해서 드리고, 지금 사용하시는 선생님 차는 좋은 값으로 팔아 드릴게요."

판매원은 갖은 아부를 다 떨며 일장 연설을 늘어놓았다. 차를 사고 싶어 하는 당사자보다도 더 집요했다.

"자동차는 사람의 목숨과도 관련이 있지만 남자들의 자존심이기도 한 겁니다."

남편의 자존심과 생명이 걸렸다는 말에 설득당하고 말았다. 결국 남편은 새 자동차 운전대를 잡았고, 남편이 끌던 자동차는 잘 팔아 주겠다는 판매원에게 맡기고 돌아왔다.

새 차를 구입한 남편은 청소년처럼 마음이 붕 떠 있었다. 연신 휘파람을 불며 싱글벙글 웃음이 사라지지 않았다. 바라보는 나도 덩달아 기분이 좋았다. 의기양양한 모습에 '자동차는 남자의 자존심'이란 말이 실감이 났다.

차를 구입하고 채 한 달이 안 됐을 무렵이다. 하루 이틀 간격으로 주차 위반, 속도위반 등의 자동차 범칙금 고지서가 날아들었다. 위반도 갖가지, 지역도 가지각색이었다. 깜짝 놀라 판매원에게 전화를 했다. 오히려 그는 예상했다는 듯 태평하게 말했다.

"아, 걱정하지 마세요. 제 후배가 그 자동차를 산다며 속도 시험하러 하루 끌고 나갔어요. 지금 부산에 있는데 돌아오면 결정날 거니 염려 마세요."

남의 차를 돈도 지불하지 않고 왜 빌려 주느냐, 따지고 싶었지만 깍듯한 설명에 화를 낼 수 없었다. 자신이 매장의 판매왕이니 믿어 보라는 말에 슬그머니 수화기를 내려놓았다.

지금이야 능숙한 말장난에 놀아나지 않겠지만 30대 초반, 시골에서 올라온 나는 판매왕이 성실성의 완장인 줄 알았다. 내 순진함을 비웃기라도 하듯 그 이후에도 범칙금 고지서는 계속 날아왔다. 이러다가 큰 사고라도 나면 모든 책임이 우리에게 전가될 수도 있겠다는 생각이 들었다. 머리가 핑핑 돌고 잠이 오지 않았다.

판매원은 아예 우리의 전화를 받지도 않았다. 고의로 따돌리는지 전화할 때마다 외근, 연가, 조퇴라는 핑계로 통화를 할 수가 없었다. 자동차를 팔고 나서는 안면을 싹 바꾸는 처세가 너무나 가증스러웠다. 친절에 속은 내 자신의 어리석음을 자책했다.

걱정과 분노로 마음이 복잡하던 어느 날, 서둘러 장롱을 뒤져 제일 좋은 옷을 갖춰 입었다. 8센티미터 높이의 하이힐도 신었다. 영업소에 찾아가 끝장을 낼 참이었다.

문을 열고 들어서자 모두 반갑게 인사를 했다. 그 친절함을 외면하고 소장실로 직행했다. 무슨 일인지 의아해하는 소장 앞에 다짜고짜 범칙금 고지서 대여섯 장을 내밀었다. 말없이 그것을 살펴보던 소장의 얼굴이 변했다. 그 틈새를 놓칠세라 "직원 교육 잘못시킨 당신이 모든 것을 책임져야 한다."고 따졌다. "오늘 이것을 해결해 주지 않으면 이곳에서 한 발짝도 나가지 않겠다."고 한 뒤, 옆 소파에 자리를 잡고 앉아 다리를 꼬았다.

내 행동이 심상치 않아 보였던지 소장은 그제야 전화를 걸었다. 어서 들어오라고 호통을 친 뒤, 죄 없는 전화기를 던지듯 내려놓았다. 나는 아랑곳 않고 미리 준비해 간 책을 꺼내 읽었다. 여직원이 눈치를 살피다 따뜻한 커피를 가져다 주었다.

"나는 손님이 아니니까 이런 것 대접 안 해도 돼요."

기 싸움이었다. 커피 한 잔의 정성에 마음이 흔들리는 것을 보여 주지 않으려고 일부러 쌀쌀맞게 말하며 책에서 눈을 떼지 않았다.

어느덧 반나절이 지나고 12시 점심시간이 되었다. 소장과 여직원이 연신 시계를 보며 안절부절못했다.

"사모님, 저어…, 지금 점심시간인데요."

"아, 그러세요. 다녀오세요."

책에 열중한 채 냉정하게 대답했다.

"혹시 괜찮으시면 같이 가시겠어요?"

"괜찮아요, 다녀오세요."

여직원은 오도 가도 못하고 서성거리기만 했다. 어떻게든 나를 돌려보내려던 소장은, 내가 호락호락하지 않을 것 같았는지 다시 어딘가 전화를 걸어서 역정을 냈다. 직접 통화를 하겠다는 내 요구는 요리조리 피하면서 믿고 그냥 돌아가라는 말만 반복했다.

"내가 바꿔 달라고 했는데도 전화 안 바꿔 주고 끊었잖아요. 그런 당신을 어떻게 믿고 가요? 나는 절대 안 가요. 그 사람이 들어와서 나에게 사과하고 빨리 해결하기 전에는."

소장은 입술에 침을 묻히더니 수화기를 다시 들었다. 사무실이 떠나갈 듯한 목소리로 "너 뭐하는 사람이야! 일도 하나 제대로 해결 못하고 이 모양이야! 빨리 들어와서 해결해!"라며 수화기를 내팽개쳤다.

한 시간이 지났을까, 그 판매원이 숨을 헉헉거리며 들어왔다. 언제 나를 외면했냐는 듯 90도로 고개를 숙이며 굽실거렸다.

"사모님, 죄송합니다. 지금까지 나온 범칙금 고지서 주시면 제가 다 내겠습니다. 예전에 쓰시던 자동차는 솔직히 아직 매매가 되지 않았지만, 내일 제 이름으로 명의 이전하겠습니다. 한 번만 더 믿어 주시고 돌아가시기 바랍니다. 죄송합니다."

소장은 슬그머니 자리를 떴다. 기회를 놓치면 안 되겠기에 나는 가지고 간 만년필과 종이를 내놓았다. 내일까지 명의 이전하겠다는 각서를 쓰라고 했다. 망설이다 각서를 써서 내미는 그에게 나는 말했다.

"당신 오늘 이것으로 끝난 걸 다행으로 아세요. 아니면 나 내일 본사 회장실로 가려고 했어요."

그 판매원은 현관문 앞까지 따라 나와 죄송합니다를 연발했다. 그리고 나서 범칙금 고지서는 더이상 날아오지 않았다.

30대 초반 나이에 어디서 그런 배짱이 나왔는지 지금 생각해도 스스로가 참 신기하다. 생각해 보면 그 시절엔 살아남기 위해 말도 안 되는 비열한 방법을 쓰는 사람들이 많았다. 어리고 순진할수록 당하기도 쉽고, 당하고 나면 분하기도 하지만 그만큼 성장했던 것 같기도 하다.

주먹구구 방식으로 일을 하던 시대는 지나갔다. 우리나라도 절차와 체계가 잡힌 어엿한 선진국이다. 내 자녀들은 나처럼 속지 않도록 공부도 시키고, 야무지게 가르쳤다.

그 판매원도 그때 나를 만나 배운 점이 있을까, 더 나은 사람이 되었을까, 궁금하다.

편의점 라면

낮 12시가 지난 시간이다.

편지봉투가 필요해 편의점에 들렀다. 점심시간이라 계산대 줄이 제법 길다. 아르바이트생에게 편지봉투가 있느냐 물으니 안으로 들어가 보라는 시늉만 한다. 작은 봉투 하나 사며 찾아 달라기엔 염치가 없어 기웃거리며 안쪽으로 들어갔다. 편의점이니 커봤자 얼마나 크겠나 싶었는데, 그 광경에 깜짝 놀랐다. 작은 원탁이 서너 개 놓여 있어 마치 간이식당 같은 구조였다.

사실 놀란 것은 식탁이 아니다. 시선도 마주치지 않고 쫓기듯 컵라면을 먹는 청년들이다. 박봉에 시달리는, 얄팍한 주머니 사정 때문에 라면으로 끼니를 때우는 것일까. 식당에 가는 것보다 훨씬 저렴하게 점심을 해결할 수 있을 테니 말이다.

사회생활을 하다 보면 자라 온 환경도 성격도 다른 사람과 부딪히게 되고, 알게 모르게 받는 스트레스도 많을 것이다. 직장 상사의 눈치, 동료·선후배들과의 관계가 업무만큼이나 부담스러울 것이다. 퇴근 후에는 넉넉지 않은 생활비와 자녀들 학원비 맞추느라 계산기 두드리는 아내의 한숨 소리를 마주하겠지.

나도 그랬던 기억이 생생하다.

여자는 당연히 집에서 살림하는 시대였으니 계산기를 누르는 쪽이긴 했다. 외벌이 하는 남편의 월급으로 아이들 삼 남매를 키우려면 그야말로 한 달 생활비부터 학원비까지 빡빡하게, 기름 짜듯 짜내야 했다. 그렇게 해도 남들처럼 과외를 시키기는커녕 학원비도 벅찼다. 당연히 주판알을 이리저리 퉁기며 계산을 맞추고 머리를 굴려야 했다. 간혹 집안에 행사가 있거나 예상치 않은 일이 생길 때에는 난처한 상황에 처하기도 했다. 월급날까지 아직 며칠이 남았는데 생활비가 떨어지면 돼지저금통을 털어 동전을 하나씩 세며 생활할 수밖에 없었다.

얄팍한 월급봉투에 다섯 가족이 매달려 살면 '나' 라는 존재는 생각할 겨를이 없다. 하고 싶은 것, 먹고 싶은 것을 억제하고 참는 수준이 아니다. 그런 것은 생각할 겨를도, 한탄할 새도 없이 자식들 먹이고 가르칠 궁리만으로 하루하루를 보내게 된다.

편의점에서 고개도 한 번 들지 않고 면발을 후루룩거리는 젊은이들도 아마 그럴 것이다. 사랑하는 자식들에게 예쁘고 아름다운 것을 주고 싶고, 고생하는 아내에게 깜짝 선물도 해 주고 싶을 테니 말이다.

월급을 늘리는 방법보다는 자신에게 쓰는 비용을 줄이는 것이 더 빠르고 유일한 방법이라는 계산에, 점심시간이 되면 식당이 아닌 편의점으로 향하는 것인지도 모른다.

젊은 시절이 그렇게 지나가고 중년 생활에 지칠 때쯤엔, 그런 자신이 처량하게 느껴지는 순간도 분명 있다. 다 지나고 보면, 그런 처량함도 아직 젊기 때문에 주어지는 열정이라는 것도 알게 될 것이다.

서글프다.

노인이 되고 보니 그렇다. 이젠 내 몸 하나 건사하여 건강히 지내는 게 자식들을 위하는 길이다. 그밖엔 다른 길이 없다.

이마에 송글송글 맺힌 땀방울, 다른 곳은 쳐다 볼 새도 없는 그 긴박한 집중력, 그 덕에 피어날 어느 가정의 단란하고 소박한 행복이 뭉게뭉게 피어오른다.

나도 모르게 웃고 있다. 그리움인지 부러움인지 행복감인지 모르겠다.

'여보게 젊은이, 천천히, 체하지 않게 먹구려.'

목울대를 치미는 이 말 한마디를 삼키며 편의점을 나선다.

따뜻한 그늘

46년 전에 백마 탄 왕자를 만났다.

꿈속이 아닌 현실에 나타난 그 사람은 서울에서 회사를 다니는, 평범한 가정의 8남매 중 막내였다. 어린 시절부터 온갖 응석을 자신의 특권인 줄 착각하며 살아 온 남자다. 신혼여행지에서도 자신이 보호해야 할 신부에게 오히려 보호를 받으려던 철없던 사람이다. 이리도 평범한 남자가 무슨 백마 탄 왕자냐고 되묻겠지만, 40년 세월이 지난 뒤 나는 백발의 백마 탄 왕자를 마주하고 있다.

나는 6.25 전쟁 통에 태어났다. 시대를 잘 타고 태어났다고 할 수 없다. 그때는 누구나 그랬겠지만, 여러 가지 이유로 가고 싶은 학교를 가지 못했다. 배움의 길이 차단되었을 때는 절망했고, 언젠가는 기어이 대학에 가서 하고 싶은 공부를 하고야 말겠다는 굳은 의지를 가슴속에 심었다.

'기회는 기다리는 사람에게 온다'고 하던가. 내게도 대학원에 입학할 기회가 찾아왔다. 아이들은 모두 성장해 각자 자기의 길을 걷고 있지만 남편이 대장암 말기, 생존율 30퍼센트의 가느다란 생명줄을 잡고 있을 때였다. 생명이 오늘내일하는, 불확실한 상태여서 남편에게 오롯이 헌신해야 할 상황이었다. 그렇지만 내 나이도 육십 줄이니 이번이 아니면 공부할 기회는 없겠다 싶었다. 아니, 이렇게라도 나에게 보상을 해야 남편의 병간호를 더 잘할 수 있을 것 같았다.

공부하겠다고 천방지축 나서는 나를 보면서 남편은 무척 서운했을 것이다. 그럼에도 "당신이 그렇게 하고 싶어 하는 공부를 나 때문에 포기하면 내 마음이 편치 않을 테니 학교를 가라."며 오히려 나를 독려했다. 그 말을 하기까지 남편은 얼마나 많은 생각을 했을 것이며, 또 얼마나 괴롭고 힘들었을까.

주변 사람들이 나에게 "당신 참 독종이다, 아무리 공부가 하고 싶어도 그렇지 어떻게 그런 남편을 두고… 학교에서 공부가 머릿속에 들어가더냐?"라고 물어도 흘려들었다.

어린아이 간식 챙기듯 식탁 위에 썰렁한 반찬과 국 한 솥 끓여놓고 학교로 향하는 발걸음은 한없이 무거웠다. 그러나 공부를 끝내려면 모든 것을 감수해야 했다. 생과 사의 기로에 서 있는 자신을 혼자 남겨 두고 학교로 가는, 배움에 눈먼 아내의 모습을 보며 남편의 마음은 어땠을까. 암과의 전쟁보다 아내의 냉정함 때문에 더 마음 시리고 서러웠을지도 모른다.

아픈 남편 두고 학교에 다닌다고 하면 정신 나간 여자라고 할 것 같아 시댁에는 마음 졸이며 숨겼다. 시간이 흘러 다행히 남편이 완치 판정을 받았으니 망정이지….

그렇게 내 욕심대로 졸업을 하고 나니 남편의 마음이 헤아려진다. 내가 남편의 외로움과 서러움을 밟고 석사 학위를 땄구나 싶다. 남편은 전생에서 내 아버지였는지도 모른다. 어려서 부모님께 받지 못했던 것을 남편에게 받고 있으니 말이다. 남편의 깊은 배려와 따뜻한 그늘은 내 삶에 웃음을 선물해 주었다.

만일 그때, 안쓰러운 남편을 위해 공부를 포기했더라면, 어쩌면 지금 후회와 원망만 남았을 지도 모른다.

어느덧 나이가 들어 나도 여기저기가 아프다. 병원비로 만만치 않은 돈이 들어간다. 텔레비전에서, 아파도 병원에 가지 못하고 추운 겨울 연탄 한 장을 아끼느라 차디찬 방에 웅크리고 사는 노인들의 모습을 보았다. 명줄은 치료비 정산 능력에 달렸다는 누군가의 우스갯소리가 처절하게 가슴에 와 닿는다.

남편의 외벌이로 늘 절약하며 살았다. 그래도 성실히 가장 노릇을 한 남편과 알뜰히 살림을 꾸린 탓에 노후 치료비 걱정은 안 해도 되는 것에 새삼 감사한다.

다정한 남편은 아니었지만, 인생의 고비마다 남편은 나에게 나는 남편에게 그늘이 되고, 서로 의지하며 살아왔다. 남편만큼이나 무뚝뚝한 나는 남편에게 결혼 후 처음으로 말했다. "백마 탄 왕자인 당신 덕분에 나는 오늘도 참으로 행복하다"고.

1972년 12월 21일,
신혼여행 중

남편은 전생에서 내 아버지였는지도 모른다.
어려서 부모님께 받지 못했던 것을 남편에게 받고 있으니 말이다.
남편의 깊은 배려와 따뜻한 그늘은
내 삶에 웃음을 선물해 주었다.

기적

멀고도 어두운 긴 터널을 지나왔다.

7년 전 이른 새벽, 잠결에 눈을 떴다. 평소 잠버릇이라고는 없던 남편이 배를 움켜잡고 방바닥을 헤매고 있었다. 느닷없는 상황에 나는 몹시 놀랐다. 허둥지둥 택시에 남편을 태우고 서울대학병원 응급실로 향했다.

이른 새벽 응급실은 그야말로 아수라장이었다. 환자들 신음소리와 가족들의 초조함이 뒤엉킨, 무거운 공기만 떠돌았다. 응급실 간호사들과 의사들의 침착함이 매정하게 느껴졌다.

순서를 기다리는 우리에게 당직의사가 다가왔다.

"어디 배를 한 번 만져 봅시다."

태연히 손을 대던 의사는 이내 의아한 표정으로 나를 바라보았다.

"언제부터 이렇게 배가 아팠습니까? 아무래도 대장암 같은데,

이 정도면 본인이 무척 힘들었을 텐데요. 병원에 안 가 봤습니까?"

순간 공포가 엄습해 왔다.

남편은 여러 검사를 거쳐 대장암 3기 선고를 받았다. 8남매 중 막내아들인 남편은 유난히 겁이 많다. 순간 사색이 되어 내 손을 잡았다. 사시나무 떨듯 떠는 모습을 차마 지켜보지 못하고 나는 그 자리에서 기절하고 말았다.

얼마나 시간이 흘렀는지, 귓전에서 웅성거림과 조용한 흐느낌이 들려왔다.

"여보세요, 이제 정신이 좀 드세요?"

몽롱한 정신 속에 옆에서 울고 있는 큰딸이 보였다. 간호사가 눈을 뜬 나를 보고 타이르듯 말했다.

"보호자 분이 이렇게 나약하면 어떻게 간호를 해요. 마음을 굳게 갖고 건강을 챙기셔야 간병을 하지요."

간호사의 말에 벌떡 일어나 남편을 찾았다. 남편이 대장암 3기 라는데, 누워 있을 때가 아니었다.

남편은 낯선 병실에서 눈물과 콧물이 범벅이 된 채 말없이 누워 있었다. 사십여 년을 함께 사는 동안 그런 모습은 처음이었다. 어찌나 처량하고 애처롭던지, 미울 때도 고울 때도 있었지만 이렇게 가슴이 찢어지는 아픔을 함께 하게 될 줄은 몰랐다. 반평생 다니던 회사에서 퇴직한 지 불과 6개월 만이다. 가족을 위해서 평생을 헌신한 대가가 암이라니 너무나 가혹하지 않은가. 이제야 온전히 자신을 위한 여생을 보내려는데….

대장암과의 전쟁이 시작되었다.

이미 암이 많이 진행되었기 때문에 진단에 이어 곧바로 수술을 위한 검사를 마쳤고, 하루도 채 되지 않아 수술대에 올랐다.

수술 전날 밤, 남편은 잠을 못 이루는 눈치였다. 행여 수술 도중 잘못되기라도 하면 가족들 얼굴을 다시는 못 볼 수도 있는 터였다.

이른 아침 수술 팀이 이동식 침대를 밀고 병실로 들어왔다. 가족 중 누구도 입을 열지 못했다. 나는 애써 태연한 척 용기를 냈다.

"여보, 그까짓 대장암 걱정 말아요. 대장암은 잘라내기만 하면 되니까 가서 한숨 푹 자고 나오면 될 거예요. 남자가 무슨 겁이 그렇게 많아요."

말을 그렇게 했지만 나 역시 숨도 못 쉴 만큼 떨고 있었다.

남편의 대장 60센티미터가 잘려 나갔다.

남편은 백지장 같은 얼굴로 이동식 침대에 누워 수술실을 나왔다. 수술이 무사히 끝났다는 안도감도 잠깐, 수술 후의 통증이 모두를 불안하게 했다. 연신 무통 주사기 버튼을 누르는 손만이 남편이 살아 있다는 사실을 보여 주는 듯했다.

열흘 뒤, 퇴원과 함께 기나긴 항암 치료가 시작되었다. 독한 항암 치료와 복잡한 검사로 3개월을 보냈다. 또다시 6개월의 항암 치료와 약물 치료가 계속되었다.

1년 후 정기검사를 받았다.

배를 움켜잡고 방바닥을 기던 남편을 발견하고 꼭 1년 만이다. 잘못한 것도 없건만 죄인처럼 두근거리는 마음으로 의사를 마주했다. 1년 동안 고생했다며, 밝은 얼굴이어야 할 의사의 표정이 어두웠다. 쉽게 입을 열지 않고 컴퓨터만 주시하고 있다. 불길한 예감이 섬광처럼 뇌리를 스쳤다. 의사는 의심스러운 것이 발견되어 좀 더 자세한 검사가 필요하다고 했다. 암이 다른 곳으로 전이되었다는 것을 우리는 직감했다.

대장에서 시작된 암이 1년 동안 우리 가족을 조여 오더니, 이제는 간으로 전이되었다. 하늘이 노랗고 땅이 무너진다는 표현도 하늘과 땅을 가늠할 수 있는, 정신이 있는 사람들이 만들어 낸 표현이란 걸 그때 알았다. 쓰러지려는 남편을 부둥켜안고 어떻게 입원수속을 밟았는지 모르겠다. 성실하고 소박하게 살아온 우리에게 하늘이 이유 없이 날벼락을 내리치는 것 같았다.

남편은 다시 수술대에 올랐다. 간의 3분의 1을 잘라 내는 10시간의 대수술이다. 대기실에서 10시간의 기다림은 우리에게 너무나 가혹했다. 수술실 상황을 알리는 전광판에 남편 이름이 없어지면 가슴이 덜컥 내려앉았다가 다시 '수술 중'이라고 뜨면 안도의 숨을 내쉬었다. 오후 4시에 시작된 수술은 새벽 1시가 되어서야 끝났다. 전광판에 '회복 중'이라는 글자가 나타났을 때, 남편이 생사의 갈림길에서 생의 길로 나왔구나 싶어 왈칵 눈물이 솟았다. 오랜 시간 대수술을 잘 참고 견딘 남편이 정말 고마웠다.

긴 병원 생활 끝에 겨우 걸을 수 있는 정도로 회복했을 때, 의사는 또 절망적인 메시지를 주었다.

"간으로 전이된 대장암 4기입니다. 생존율은 30퍼센트입니다. 이제 댁에 돌아가서서 음식 골고루 잘 드시고 운동 열심히 하세요. 의사들이 해 줄 수 있는 것은 암 덩어리를 제거해 주는 것이지요. 나머지는 본인의 몫입니다."

나는 의사의 얼굴을 할퀴고 싶은 심정이었다. '대장암 4기에다 생존율 30퍼센트'를 뒤집어 말하면 70퍼센트는 죽음에 가깝다는 것이다. 마음의 준비를 하라는 뜻이다. 그 사실을 태연하게 말하는 사무적인 태도가 차가운 현실로 다가왔다. 주변에서도 대장암이 간암으로 전이되면 생존율이 아주 희박하다며, 행여 우리 가족이 들을까 쉬쉬하는 분위기였다.

절대 마음의 준비를 할 수도 없고 하고 싶지도 않았다. 머리부터 발끝까지, 남편을 절대 포기할 수 없다는 오기와 욕망으로 가득 찼다.

'그래, 암세포야. 네가 이기나 내가 이기나 어디 두고 보자.'

낮에는 남편과 함께 이 산 저 산으로 등산을 다니고 밤에는 바둑을 함께 두었다. 잡념에서 벗어나게 하기 위해서다. 밤 열 시가 되면 아무 일도 없었던 듯이 하던 일 접고 잠자리에 들었다. 잠자리에 들어서도 우리는 누가 먼저랄 것도 없이 서로 손을 꼬옥 잡았다. 손을 잡으면 남편의 불안한 숨소리와 파들파들 떨리는 심장 소리가 내 가슴을 도려냈다. 한 손을 가슴에 얹고 자는 척 눈을 감고 있지만 남편은 죽음의 문턱에 선 듯 두려워하고 있었다. 그런 남편을 갓난아기를 안심시키듯 토닥였다.

"괜찮아요. 당신 절대 죽지 않으니까 걱정 말아요. 내 간을 떼어서라도 당신을 살리고 말 테니, 나 믿고 마음 편히 가지세요."

내 얼굴도 눈물로 범벅이 되었지만 입술을 꼭 깨물었다.

일가친척 외에는 남편의 암 전이 상태를 일절 알리지 않았다. 남의 입을 통해 내 남편이 암환자라는 것을 입증하고 싶지 않았기 때문이다. 반드시 남편을 살리겠다는 일념 속에 암을 이기기 위한 모든 수단과 방법을 총동원하였다. 암 관련 책과 문헌들을 찾아서 모았다. 암환자 가족 행동 수칙을 가족 모두에게 반복시켰다. 무엇보다 환자 자신의 투병기가 중요했다. 큰 수술을 두 번 겪은 남편의 정신이 또렷할 리 없다고 생각했다. 투병기를 일일이 요약해 남편 책상 위에 두었다.

암환자에게 단백질이 좋다기에 문어와 다슬기, 장어… 시장을 뒤져 식탁을 채웠다. 쓰고 떫은 야채가 좋다고 해서 도라지와 씀바귀, 민들레, 더덕 같은 나물들을 직접 다듬어 삶기도 하고 껍질을 벗겨 갈아 주기도 했다.

그런데도 백혈구 수치가 낮아 3주에 한 번씩 맞아야 한다는 항암 주사를 맞지 못했다. 주사가 얼마나 독한지 맞은 후에는 손발이 새파랗게 죽고, 발바닥이 거북이등처럼 갈라졌다. 피가 흘러 말라붙기도 했다. 그래도 막상 항암 주사마저 못 맞는다고 하면 더럭 겁이 났다. 약해지면 안 된다고 마음을 다잡으며 남편의 손과 발에 보습 연고를 발라 주었다. 그럴 때의 남편은 천진하기가 영락없는 어린 아기였다. 아마도 죽음이라는 두려움과 맞설 용기도 자신도 없었나 보다.

연고가 한 겹 두 겹 스며들 듯 암과 싸우는 하루하루도 우리의 일상에 스며들었다.

우리 가족은 살얼음 위를 걷는 마음으로 온갖 노력을 다하면서 7년을 견뎠다. 그런 정성은 결코 헛되지 않고 반가운 보답으로 돌아왔다. 매몰차고 건조했던 의사의 70퍼센트 사망 확률, 마음을 비우고 준비하라던 그 주치의를 또다시 마주했다. 처음엔 어두운 얼굴로 그렇게 말을 아꼈던 의사의 입술이 다시 움직였다.

"완치로 간주하셔도 됩니다."

기적이다!

발병 이후 7년이 흐른 2014년 12월 18일, 서울대학병원 주치의는 완치라는 판결을 내려 주었다. 순간 이 세상 모든 것을 다 얻은 듯 가슴이 벅차올랐다.

지금부터 내 남편의 삶은 새로 태어난 인생이다. 길고 험한 7년이라는 세월, 그 생사의 갈림길에서 얼마나 초조하고 불안하게 지내왔던가. 의지 또한 대단하였다. 비가 오나 눈이 오나 한결같이 산에 올랐다. 삶의 간절함이 기적을 만들었다.

나는 지금 감히 말하고 싶다. 암을 이긴 것은 남편의 굳은 의지와 나의 정성으로 이루어낸 기적이라고!

병상 일기

남편이 병원에 입원해 있을 때의 일이다.

처음엔 2인실을 사용했다. 생활하다 보니 불편한 게 많았다. 좁은 공간에서 낯선 사람과 침대를 마주하는 게 어색하고 숨 쉬기도 어려웠다. 행여 피해가 갈까 마음이 불편했다. 차라리 북적한 4인실이 낫겠다 싶어 병실을 옮겼다.

4인실은 어색한 분위기는 덜했지만 시도 때도 없이 드나드는 문병객이 많았다. 대여섯 명 정도의 문병객이 무리 지어 올 때는 병으로 인한 고통보다 문병객의 소란이 오히려 더 괴로웠다. 때로 원망스럽기도 했지만 인정 많은 우리의 정서라 생각하고 이해했다. 당장 나만하더라도 지인이 입원하면 열 일 제치고 문병을 간다. 그래야 예의를 다하는 것 같다. 다른 이들도 그래 그러려니 싶어서 아무리 시끄러워도 서운한 소리를 아꼈다.

우리 앞 병상 환자는 35세 젊은 청년이다. 입원한 지 얼마 되지 않아 문병 오는 친구들이 많은데, 우루루 몰려와 호통을 친다.

"야! 너는 도대체 어쩌다 이 지경까지 왔어, 응? 이 정도가 됐으면 네가 무엇인가 스스로도 느꼈을 것 아니야? 자기 몸 관리 하나도 제대로 하지 못하고…."

말끝을 흐리며 입술을 깨문다. 슬픔을 호통으로 감추려는 모양이다. 청년도 같은 마음인지 병실이 떠나가라 소리친다.

"공사판에서 일하고 집에 가면 피곤한 게 당연하지, 내가 그걸 이상하다고 생각했겠냐?"

그 외침 속에 묻어 나는 아픔과 우정이 조용한 병실을 공기처럼 채운다.

입원하던 날, 부모님과 함께 들어오는 청년의 모습이 뭔가 심상치 않았다. 의사와 간호사들의 발걸음도 바빴다. 청년의 아버지는 볼을 타고 흘러내리는 눈물을 연신 손등으로 닦으며 한숨을 내쉬었다. 가뜩이나 무거운 병실 분위기가 더욱 어둡고 착잡하게 내려앉았다.

갑자기 청년이 몸부림치며 가슴을 쥐어뜯는다.

"내가 뭘 잘못했다고 이런 혹독한 벌을 주는지 알 수가 없네, 내 나이 이제 겨우 서른다섯 살인데…… 엄마 아빠 어떻게 나 좀 살려 줘요. 하!"

병실에 있던 환자와 가족들은 그 애처로운 광경을 차마 볼 수 없어 슬그머니 하나둘씩 자리를 떴다.

어려운 환경에서 태어난 그 청년은 아파트공사장에서 일했다고 한다. 어느 날부턴가 몸이 나른하고 몹시 피곤했지만 힘든 공사장에서 일하니 당연하게 생각했다. 진찰 받아 볼 생각도 안했다. 현장에서 쓰러져 응급실에 와서야 암세포가 전신에 퍼져 수술조차 할 수 없는 상황이란 말을 들었다. 청천벽력 같은 소리였을 것이다.

청년의 문병객들은 몰래 숨어서 보기라도 한 것처럼, 입원 첫날의 친구들과 똑같이, 그 가슴을 쥐어뜯는 소리로 청년을 다그친다. 그 다그침이 가여운 친구를 향한 것인지, 그의 가혹한 인생을 향한 것인지, 그의 몸속에 들어앉은 암세포에게 하는 것인지는 알 수 없었다.

옆 병상 문병객들은 조용하고 점잖다. 환자는 전주에서 40년간 약국을 운영하던 60대 중반의 약사다. 40년간이나 다른 사람 약을 조제해 주면서도 정작 자신의 몸에 숨어 있는 췌장암의 존재를 몰랐단다.

그 환자의 아들과 며느리는 대학병원 의사이고 약사다. 의사아들은 퇴근하고 잠깐씩 들르곤 한다. 조용한 걸음으로 병실에 들어와 담당 의사나 간호사들과 전문 용어로 진지하게 면담하고 인사도 없이 사라진다. 그런 날은 그 환자도 옆 사람들과 말을 섞는다. 평소에 비해 한결 기분이 밝아지고 얼굴에 화색이 돈다. 말투에는 자부심과 거드름이 잔뜩 묻어 있다. 그런 모습이 주변 사람들의 시선을 찌푸리게 한다.

아들 며느리가 바쁘니 환자를 돌보는 건 간병인이다. 종일 가족이 곁에 있는 다른 환자들을 보는 그 눈빛에 때론 진한 그리움과 부러움이 서린다.

많이 배운 아들이 있어 마음이 놓인다고 입버릇처럼 말하던 그 약사는, 예상 시간보다 일찍 수술을 끝내고 병실로 옮겨진다. 병실 사람들은 모두 좋은 징조라고 박수를 치며 반기는데 의외로 가족들의 얼굴은 어둡다. 그 가족 특유의 도도함이려니 생각한다. 후에 알고 보니 암세포가 다른 곳으로 전이되어 손을 댈 수 없는 상황이라 그냥 봉합하고 나왔단다. 모두의 마음이 무겁고 착잡하다.

약사의 맞은편 노부부에겐 문병객이 찾아오지 않는다. 연세가 지긋하고 거동이 불편한 할아버지를 할머니가 힘겹게 간호하고 있다. 자녀들이 있는지 없는지 일주일이 지나도 면회 한 번 오지 않는다. 할머니의 이야기론 모두 외국에 나가 산다고 한다. 연락을 하지 않았다지만 그 말이 사실인지는 알 수 없다.

할머니의 간호가 얼마나 지극정성인지, 본받을 점이 많다. 욕창이 생길까 봐 연신 할아버지를 앞뒤로 번갈아 눕히며 열심히 팔과 다리를 주무르신다.

"나 죽으면 밥하고 된장찌개 끓여 드시라고, 밥하는 것도 가르쳐 주고 된장찌개 끓이는 것도 가르쳐 주었잖아요. 그런데 왜 여기 이렇게 누워 있어. 며칠 전에는 세탁기 돌리는 것도 가르쳐 주었잖아요?" 라며 간간이 혼잣말을 하신다.

대학 병원 간호사로 있는 조카딸이 했던 말이 생각난다. 할아버지와 할머니가 진찰실로 정답게 들어오는 모습을 보면 평소에 두 분의 사이가 좋았구나, 엉거주춤 들어오면 젊어서 저 할아버지도 어지간히 할머니 속을 태웠구나 생각한단다. 그 노부부를 봐도 그렇다. 당신 몸 가누기도 힘에 부치는 연세인데도 지극정성으로 간호하는 걸 보면 할아버지가 평소 할머니에게 무척이나 잘해 주셨고, 또 금실이 좋았을 거라는 생각이 든다.

할머니는 입맛이 없다며 늘 아침을 거른다. 그러다 누군가 금식으로 식사를 하지 않으면 "아유, 이 밥 그냥 나가면 버릴 텐데, 아까워서 내가 먹어야겠네." 라며 슬그머니 전자레인지에 데워 드신다. 그 어색한 말투와 행동에 할머니의 힘겨운 삶이 엿보인다.

할아버지가 병실에 계시는 동안 자녀들이 다녀간 적은 없다. 자녀들이 외국에 나가 있다는 것도 사실은 그 자녀들에 대한 보이지 않는 배려고, 조건 없는 사랑일 것이라는 생각이 든다.

간혹 문병객들이 사 온 과일이나 음료를 나누어 드리면 할머니는 늘 미안하고 송구스러워 하신다. 그런 기미가 보이면 슬그머니 할아버지를 휠체어에 태우고 바람 쐰다며 밖으로 나가곤 하신다.

　길게는 십여 일, 짧게는 일주일을 같은 병실에 있으면 동병상련이라고 해야 할까, 가족 같은 정이 든다. 누군가가 수술하는 날 아침에는 다같이 정성어린 마음으로 기도하고, 행여나 보호자가 불안해 할까 봐 두 손을 잡아 주며 격려한다. 수술 대기실을 찾아가 보호자의 손에 따뜻한 커피 한 잔을 쥐어 주며 위로하기도 한다. 차도가 있어서 퇴원하면 모두 자기 일처럼 기뻐하고 축하해 준다.

　남편이 퇴원하던 날도 병실 가족들이 뜨겁게 축하해 주고, 눈시울을 적시며 배웅해 주었다. 벌써 십여 년 전의 옛일이지만, 모두들 어떻게 살아가고 있는지 궁금하다.

꽃보다 아름다운 마음

대부분의 사람들은 꽃의 아름다움에 감탄한다. 나는 그 예쁜 꽃보다 더 아름다운 사람의 마음을 본 적이 있다.

남편이 대장암 선고를 받았을 때의 일이다. 생존율 30퍼센트라는 의학적 소견을 듣고 큰 망치로 머리를 맞은 듯 눈앞이 아찔했다. 보이는 것이 있다면 천 길 낭떠러지 아득한 절벽뿐이었다. 모든 것에 생기를 잃고, 어떻게 이 난관을 헤쳐 나가야 할지 감이 잡히지 않았다. 쿵쾅거리는 가슴을 억제하려니 숨이 턱턱 막혔다.

8남매의 막내로 자란 겁 많은 남편은 얼굴이 사색이 되었다. 금방이라도 숨이 넘어갈 것 같은 모습이었다. 이럴 때 시어머님이라도 살아 계셨다면 나의 무거운 마음을 절반이라도 덜 수 있으련만, 40년 전에 돌아가신 시어머님 치맛자락이라도 붙잡고 싶은 심정이었다.

남편이 수술실로 들어간 8시간 동안은 애간장이 다 녹는 것 같았다. 대기실에서 전광판을 바라보며 하염없이 기다렸다. 남편의 겁에 질린 얼굴이 자꾸 떠올라 시야가 흐려졌다. 전광판이 '수술 준비'에서 '수술 중'으로 바뀌었다. 아들과 딸의 손을 맞잡고 서로 위로하고 있는데 수술실 문이 열리더니 보호자를 찾았다. "개복해서 보니 복수가 찼네요. 혹시 다른 곳으로 전이되었을 수도 있습니다." 집도의의 침울한 목소리가 청천벽력 같았다. 30퍼센트의 확률도 희박한 상황이 되었다.

쓰러질 듯한 몸을 겨우 가누며 남편의 병간호에 집중했다. 10년 넘게 매일 다니던 헬스장에도 장기간 결석했다. 이상하게 여긴 회원들이 전화를 했다. 오랜 시간 함께한 동네 사람들의 걱정 어린 목소리에 울음이 터졌다.

다른 사람들에게 누가 될까 나는 늘 전전긍긍했다. 가진 것이 많으면 나누고 살겠지만 나눌 것이라고는 가난 밖에 없는 형편이었다. 좋은 소식이 아니면 아예 알리지 않는 것이 자존심을 지키는 것이고, 다른 사람들을 배려하는 방법이라 늘 생각했다. 그랬다. 우환을 나누는 것은 나답지 않은 일이었지만 나도 모르는 사이 무너져 내렸고 그래서 터져 나온 울음이었다.

내 가정의 우환이 다른 사람들 마음도 무겁게 하지 않을까 후회되었지만, 그런 데까지 신경 쓸 마음의 여유가 없었다. 헬스장에 못 나가는 이유를 알았으니 각자 자기 삶에 충실하겠거니, 나는 나대로 남편의 병간호에 전념하면 될 거라 생각했다.

그런데 이런 내 생각이 틀렸음을 곧 깨달았다. 사정을 들은 회원들은 전화로, 문자로 안타까움을 전해 왔다. 다들 걱정과 위로를 아낌없이 보냈다. 깨끗하고 청정한 곳에서만 산다는 자연산 '백고동'을 잔뜩 갖다 준 회원도 있었다.

"언니, 이건 전복보다 훨씬 좋은 거예요, 아저씨 죽 끓여 드리세요. 원기 회복하는 데 도움이 될 거예요."

아무 대가도 바라지 않고 오로지 남편의 회복과 나의 건강을 걱정하는 그 마음이 고마워서 눈물이 왈칵 쏟아졌다. 그녀는 받는 데 인색한 나에게 사랑 받는 법을 연습시키듯, 남편이 병원에서 퇴원한 후에도 1년 가까이, 동해바다에서 난다는 싱싱한 자연산 백고동을 떨어지지 않게 날라다 주었다.

항암치료는 간혹 백혈구의 수치가 모자라 차질을 빚을 수도 있다. 단백질이 풍부한 백고동 덕분인지 남편의 백혈구 수치는 쭉 유지되었다. 항암 치료 일정도 차질 없이 계획대로 잘 맞아떨어졌다. 꽃보다 더 예쁜 마음 덕분에 나는 지치지 않고 긴 병간호를 마칠 수 있었다.

이제 남편은 아주 건강하게 제2의 인생을 살아가고 있다. 아낌없이 베풀어 준 그녀와 회원들의 정성으로 가정의 평안을 찾았다.

백고동을 챙겨 준 그 회원의 이름은 '선화'이다. 나보다 십 년은 아래다. 분명 착할 선善, 꽃 화花자를 쓰리라 짐작한다. 그녀는 나에게 뿐만 아니라 주변 사람들과도 환한 웃음과 다정한 마음을 아낌없이 나눈다. 그 예쁜 마음은 꽃보다 아름답다.

그 꽃을 통해 우리 모두 꽃이 된다는 걸, 나는 그녀를 통해 배운다. 꽃보다 아름다운 마음을….

그곳에서 만난 사람들

여행을 자주 다니는 우리 부부는 패키지여행보다는 느긋한 자유 여행을 좋아한다. 먼저 목적지와 숙소를 정한 뒤 그 지역 안내책자를 보면서 지하철과 버스를 이용해 관광을 다닌다. 배낭 하나 걸쳐 메고 이곳저곳, 두루 다니는 재미는 꽤나 쏠쏠하다. 영어에 능통하지 못한 우리가 그런 여행을 할 수 있는 건 시대를 잘 탔기 때문이다. 요즘은 휴대폰 하나면 세계 어느 곳이라도 갈 수 있다. 말이 통하지 않을 땐 휴대폰에 문장을 써서 보여주면 얼마든지 안내를 받을 수 있다. 그것도 통하지 않을 땐 손짓 발짓, 표정을 동원하면 그만이다. 어느 나라를 가든 사람들이 친절하고 자상하다. 어려울 게 없다.

그런데 지난 추석에는 평소와 달리 여행사 패키지로 뉴질랜드와 호주를 다녀왔다. 전국에서 모인 일곱 쌍의 부부와 12일간 동행했는데, 연령대는 70대부터 40대까지 다양했다.

처음엔 서먹하고 어색했지만 버스를 함께 타고 다니다 보니 서로 사정도 알게 되고, 하루 이틀 새에 쉽게 친해졌다. 만 리 이국의 하늘 아래 있으니 동질감도 느끼고, 은근히 의지하는 마음도 생겼다. 여러 날 같은 호텔에서 잠을 자고 함께 둘러앉아 식사를 하다 보니 정이 소복이 쌓였다.

첫째 날이다.

관광버스는 타는 순서대로 앉는다. 늦게 버스에 오른 우리 부부는 남아 있는 맨 뒷자리로 간다. 그게 당연하다 생각한다. 그런데, 중간에 앉았던 중년 부부가 벌떡 일어나 자리를 양보한다.

"아유, 죄송합니다. 이곳은 어르신이 앉으셔야 할 자리인데 제가 앉았네요. 이쪽으로 오시지요."

우리는 괜찮으니 그냥 앉으라고 사양한다.

"연세가 드신 분들은 가장 내리기 쉬운 곳에 앉으셔야 만일에 무슨 일이 있어도 대피하기가 쉽습니다."

중년 부부는 끝내 우리를 끌어당겨 앞자리에 앉힌다. 아직 인사도 나누지 않았는데 우리가 최연장자로 보였나 싶어 쓸쓸하면서도 동방예의지국에서 함께 왔다는 생각에 마음이 으쓱하다.

중년 부부뿐만 아니라 일행 모두 어찌나 예의가 바른지 가는 곳마다 우리를 챙긴다. 꼭 가족 여행을 하는 느낌이다.

어른 대접을 받으니 행여 어른답지 못한 실수를 하면 어쩌나, 조심하게 된다.

패키지여행을 할 때는 보통 가이드가 안내를 한다. 관광 중에 인상적인 풍경이 있으면 남편과 번갈아 사진을 찍곤 했는데, 이번 여행에선 좀 다르다. 누가 먼저랄 것도 없이 서로 자진해서 사진을 찍어 준다. 그 친절 덕에 남편과 나도 카메라 앞에 나란히 서서 포즈를 취한다. 누군가 시작한 선행이 마치 조직의 규율처럼 서로의 마음에 퍼져 나간다.

며칠 함께 지내다 보니 각자의 삶에 대해서도 이야기할 기회가 생긴다.

브라질에서 온 사업가는 아내의 우울증을 걱정한다. 그의 아내는 20년 동안이나, 말도 통하지 않는 나라에서 우울증을 앓으면서까지 남편을 내조했고 그 덕에 이제는 브라질 대통령의 초대를 받을 정도로 사업 기반을 잡았다고 한다.

강원도 원주에서 온 40대 초반 젊은 부부는 남편이 불치병에 걸려 고생한 이야기를 한다. 대전의 목사 부부는 회갑을 맞아 자녀들이 여행을 보내 주었다고 자랑한다. 전주에 사는 부부는 설 명절은 가족과 보내고, 추석은 해마다 세계여행을 다니기로 했단다.

사실 이번 여행은, 간암 말기라는 불청객과 싸워 용감하게 이겨 낸 포상으로 아이들이 보내 준 것이다. 새로 얻은 아버지 인생을 즐기라며 용돈과 비행기 티켓을 쥐어 주었다. 그러나 삶의 무거운 이야기는 아껴야 할 것 같아 그 이야기는 꺼내지 않는다.

앞 이야기는 빼고 뒷이야기만 풀어 놓으며, 가서 '맛있는 것도 사 드시고 함께 여행하는 사람들에게 커피도 사주시라'고 했다고 말한다.

　몇 번 패키지 여행을 다녀 보았지만, 이렇게 배려심 깊은 사람들을 만난 건 이번이 처음이다. 12일간의 여행을 마치고 마지막 날, 헤어지는 게 아쉬워 호텔 커피숍에서 좌담회를 열었다. 기후와 음식 그리고 시차로 인해 다소 힘들고 지치기도 했을 텐데 누구 하나 그런 내색을 하지 않았다. 그저 헤어짐만을 아쉬워했다. 워크숍에라도 다녀온 것처럼 함께 기념촬영도 하고 메일 주소를 교환했다. 그리고 지금까지 서로 연락하며 지내고 있다.

　다음 여행지는 어쩌면 브라질이 될 것 같다. 그때 만났던 브라질 사업가가 우리를 그곳으로 초대했다.

　여행하면서 만난, 배려와 훈훈한 정이 넘치는 따뜻한 마음을 가진 그들 모두에게 건강과 행복이 함께 하길 바란다.

PART 3

그 나무는 알고 있다

내리사랑

송도에 있는 막내딸이 간간이 제 아버지를 찾는다.

결혼한 지 5년 만에 첫딸을 낳았다. 육아휴직 중인데 혼자서 아기 돌보는 일이 아무래도 벅찬 모양이다. 육아 도우미를 찾아보라고 권했더니 복직하면 엄마 노릇 제대로 못 할 거라면서 사양한다. 아이한테 미안할 것 같단다.

아기는 아직 두 돌도 채 되지 않았다. 부정확한 발음으로 말을 배우기 시작했다. 할머니는 '할매' 할아버지는 '하하' 라고 나름대로 호칭을 정해서 부른다. 그럴 때마다 저 작은 두뇌 어디에서 저런 기특한 소리가 날까 싶어 품에 꼬옥 안아 준다. 서툰 발음으로 이것저것 요구 사항도 꽤나 많다. 자기 의견이 제대로 전달되지 않을 때는 의사를 관철하기 위해 아무 곳에나 드러누워 떼를 쓰기도 한다. 그 모습도 얼마나 귀엽고 앙증맞은지, 쳐다만 보고 있어도 마냥 행복하다. 그 순간에는 세상 아무것도 눈에 들어오지 않는다.

남편도 손녀딸에게 가는 날은 아침부터 콧노래를 부른다.

막내딸이 갓 돌을 지났을 때, 그러니까 37년 전 일이다. 대전에 계시는 시아버님이 올라오셔서 한두 달씩 우리 집에 머물곤 하셨다. 대부분은 시아버지의 장기 방문을 무척 어렵고 불편해 하는데 나는 전혀 그렇지가 않았다. 오히려 시아버님이 아이들과 시간을 보내 주셔서 한결 집안일이 편했다.

지금이야 생활 환경이 좋아져서 아기 돌보며 집안일도 수월하게 할 수 있지만 그때는 그렇지 않았다. 아기 업고 연탄도 갈고 물을 데워 빨래도 해야 했다. 행여 아기에게 뜨거운 물이 튈까, 연탄불에 다칠까, 매사에 노심초사였다. 웬만하면 아기가 잠들 때를 기다려 살금살금 집안일을 했다. 이른 새벽부터 늦은 시간까지 동분서주해도 일이 끝이 없다. 시아버님은 우리 집에 오시면 아기 기저귀도 깔끔하게 개어 놓고 아기와 놀아 주셨다. 아침식사 후엔 으레 유모차에 아기 우유병과 장난감을 싣고 정자나무 밑으로 가셨다. 나에겐 구세주나 다름없었다.

물론 나도 시아버님을 깍듯이 모셨다. 넉넉하지 않은 살림이지만 우유와 빵, 과일 같은 간식도 챙기고 정성껏 살펴 드렸다. 이웃 사람들이 친정아버지가 오셨나 보다 생각할 정도였다.

어느 날은 다정다감하신 시아버님과 함께 살고 싶은 마음에 "아버님 대전 큰집에 가시지 말고 아예 여기서 함께 살아요. 대전도 아들 집이고 여기도 아들 집인데 그냥 여기 계세요. 아이들도 저렇게 할아버지를 좋아 하잖아요." 하고 말씀 드렸다. 시아버님은 손사래를 치시며 "내가 여기서 살면 큰아들이 마을 사람들에게 흉잡혀서 안 된다. 김 아무개 아들은 아버지에게 얼마나 불효를 했으면 아버지가 서울 막내아들하고 산다고 가셨겠니? 하며 손가락질할 거야." 라고 하셨다. 거주지는 큰아들네로 정해 놓고 간혹 한 번씩 이렇게 오가시는 게 큰아들 위신에도, 막내며느리 살림 거들기도 좋다는 것이다.

시아버님은 언제나 깔끔하게 손질한 한복을 서너 벌씩 싸가지고 오셨다. 그 한복을 세탁할 때쯤 되면 대전으로 내려가셨다. 막내며느리가 한복 세탁은커녕 동정도 달지 못한다는 것을 잘 알고 계셨다. 그래서 그때를 대전 큰며느리에게로 가실 적절한 시기로 삼으셨을 것이다.

영등포역에서 대전으로 가는 기차를 태워 드리고 돌아서는 마음은 항상 울적했다. 기차가 기적을 울리며 떠날 때, 차창 밖으로 손을 내저으며 "어여 들어가!" 라고 하시던 시아버님의 음성이 아련히 들려온다.

요즘은 좋은 장난감도 많고, 영상 매체도 많아 아이 키우기가 한결 수월해졌을 텐데도 막내딸은 제 아버지가 찾아가면 숨통이 트인다며 좋아한다. 다행히 손녀딸도 할아버지를 잘 따른다. 할

아버지가 다녀간 날은 "하! 하!" 하며 할아버지를 찾는단다. 그
게 할아버지를 부르는 소리인 셈이다.

부모님들이 주신 사랑을 우리 아이들에게 잘 전달하고 있는
걸까. 우리가 떠난 후에도 아이들이 사랑의 흔적을 느낄 수 있
게 최선을 다해야겠다는 생각을 한다. 세월이 흐른 어느 날, 내
가 시아버님께 느꼈던 아버지의 자리를 나의 막내딸도 느낄 수
있기를 바라며….

어느 가을 날 아픔

가을은 풍요롭고 풍성한 계절이지만 나에게는 아픔이 있다.

들국화 향기 가득한 어느 날, 시어머님이 위암 선고를 받고 불과 십여 일 만에 세상을 떠나셨다. 자식들 신경 쓸까 염려되어 말기 암으로 진행되도록까지 고통을 혼자서 참고 삭이셨던 것이다. '자식이 어려서는 부모가 울타리가 되고, 그 자식이 성장하면 부모의 울타리가 되어 준다'는 말이 있는데, 시어머님은 자식의 울타리 안에 들어오지도 못한 채 그렇게 먼 길을 떠나셨다. 상여가 떠나던 날, 아들 며느리 딸 사위, 8남매는 애통해 했고 서러워했다.

시부모님은 결혼한 자식들 모두 분가시키고 두 분이서만 오순도순 살고 계셨다. 그 정다운 모습을 신이 질투라도 한 것인지, 갑자기 그렇게 황망히 떠나셨다. 돌아가시는 날까지 자식들 마음 쓰이지 않게, 자식에게 의지하지 않고 새벽별이 사라지듯 홀연히 가셨다.

큰아들 내외는 너무나도 애통해 했다. 장남으로서 어머니의 병세를 몰랐다는 게 더욱 죄스러웠을 것이다. 한 달 만이라도 본인이 손수 밥을 지어 드렸더라면 좋았을 텐데 병 수발할 기회조차도 주지 않고 떠나셨다고, 상여 나가던 날 큰며느리는 슬픔과 죄스러움에 몸부림치다 기절해서 쓰러지기도 했다.

시아버님의 독백은 내 마음을 더욱 슬프게 했다. "할망구, 잘 가구려. 서울 사는 막내며느리 못 잊어서 어떻게 저승길에 오를까 걱정이구려. 손녀딸 예방 주사 맞히고 김장도 해 주어야 한다고 마지막 순간까지도 할망구가 걱정했잖아." 상여 뒤에서 허탈 웃음을 지으며 울음을 삼키던 처절한 그 모습이 지금도 눈앞에 선연하다.

대전에 계시면서도 시어머님은 사흘이 멀다 하고 올라와 모든 가정사를 두루 보살펴 주셨다. 스물여섯, 막내며느리가 시어머님 눈에는 마냥 어린 딸로만 보이셨나 보다.

1970년대에는 전기와 수도 계량기가 한 집에 하나씩 설치되어 있었다. 한 지붕에 모여 사는 세대들은 비율에 맞춰 요금을 나누어 냈다. 그런 과정에서 혹 세입자와 문제라도 생길까 염려하신 시어머님은 "수도료나 전기료는 집주인이라고 혼자 분배하지 말아라. 모두 한자리에 모여서 고지서를 앞에 두고 함께 나누어야 뒷말이 없다."고 당부하셨다. 어린 나이에 시골에서 도시로 갓 시집온 새댁이 여러 세입자를 관리해야 하는 것이 항상 마음에 걸리셨을 것이다.

시어머님께서 마음을 써 주신 것은 비단 사람 관계뿐만이 아니다. 우리 집에 오시면 쉼 없이 몸을 움직이셨다. 이부자리도 손수 빨아서 삶은 뒤에 빳빳하게 풀 먹여 다림질하셨고, 집 안 이곳저곳 대청소도 하셨다. 어느 날, 고향에서 찾아온 친구와 시간 가는 줄도 모르고 이야기를 나누는데 어머님이 노크하셨다. 순간 깜짝 놀라 "아유, 우리 어머님 점심 드려야 하는데 어쩌지?" 하고 죄송스런 마음으로 문을 열어 보니 오히려 어머님이 우리 밥상을 손수 차려 놓으셨다.

요즘처럼 시어머니가 며느리 눈치보는 시대도 아니었건만 어머님은 분에 넘치게 많은 것을 배려해 주셨다.

첫아기를 낳았을 때는 당신 딸을 보살피듯 온갖 정성과 애틋한 사랑을 주셨다. 몸매 망가진다며 모유보다 분유 먹이기를 권하셨다. 사흘에 한 통씩 먹는 아기의 분유 값은 결코 적은 돈이 아니었다. 어린 며느리 혼자 아기를 돌보는 것이 못내 안쓰러워 가정부도 보내 주셨다.

그 깊은 사랑을 알았기에 모든 걸 시어머님과 의논했다. 아들과 며느리만 끔찍하게 챙기는 친정 엄마보다 더 의지가 되었다.

요즘 스마트폰에는 참 많은 글들이 돌아다닌다.

얼마 전에 읽은 '시어머니와 며느리'에 대한 글이 기억난다. 며느리의 친정엄마가 병원에 입원했는데, 간호하려면 건강해야 한다며 시어머니가 며느리에게 보약도 지어 주고, 아들 모르게 병원비도 내준 미담이었다. 그 이야기를 읽으면서 시어머님의 커다란 사랑이 아련히 떠올랐다. 며느리를 무척 아끼고 사랑하는, 나의 시어머님 같은 분이 또 계셨다.

며칠 있으면 어머님의 기일이 돌아온다. 돌아오는 기일에는 산소에 가서 감사의 말씀을 드려야겠다. "어머님 스물여섯 살 철부지 막내며느리가 이제야 철이 들었어요. 어머님의 깊은 사랑도 알게 되었어요. 어머님의 보살핌을 당연한 것으로 알았던 어리석은 며느리가 이제야 그 큰 사랑을 깨닫게 되었네요. 걱정하시는 어머님 막내아들 밥 안 굶기고 여기까지 이렇게 잘 살아오고 있으니 어머님 편히 계세요."라고.

당신의 막내아들이 7년 동안 암과 싸우느라 허우적거렸다는 이야기는 차마 꺼내지 못할 것 같다. 어쩌면 이미 모든 것을 아시고, 그곳에서 마음 조이며 기도하셨는지도 모른다. 대장암 말기에서 기적적으로 살아남은 것도 시어머님께서 사랑으로 보살펴 주셨기 때문일 거란 생각이 든다.

어머님의 커다란 사랑이 가슴 벅차도록 그립다. 철부지 막내며느리는 그 사랑을 오랜 시간이 지나서야 깨닫게 되었다.

어머님 보고 싶습니다.

엄마의 S허리

엄마는 오빠와 함께 시골에 사셨는데, 종종 서울에 오셨다.

엄마는 허리를 구부정하게 굽히고 걸으셨다. 걸음걸이도 갓 걸음마를 시작한 어린아이처럼 느리고 답답했다. 나는 "엄마, 왜 이렇게 걸음이 느려요, 빨리 좀 걸으세요."라고 재촉하곤 했다. 할 일이 많아 늘 바빴던 나는 좀 더 빨리 따라오라 채근을 하고, 엄마는 종종걸음으로 급히 뒤따라오셨다. 파 뿌리처럼 하얀 머리의 엄마는 활처럼 굽은 허리를 제대로 펴지도 못하셨다.

허리 디스크는 흔히 '부자병'이라고 한다. 무거운 것을 들어서도, 힘든 일을 해서도 안 된다. 그렇지만 엄마는 그럴 상황이 아니었다. 젊어 사별한 남편은 무덤에 있고, 혼자 거둬야 할 자식이 다섯이다. 힘들다고 어느 누구에게 하소연할 수도 없다. 어린 자식들 앞에서 나약한 모습을 보일 수도 없었을 것이다.

그렇게 삼사십 년 동안 우리들 뒷바라지를 하셨다. 천하장사도 아니고, 엄마 몸이 세월을 이겨낼 리 없다.

엄마가 돌아가시기 전날 친정에 갔다가 마지막 임종을 지켰다. 어떤 연락을 받은 것도 아니고, 돌아가시리라는 것도 당연히 몰랐다. 엄마를 지극정성으로 모시는 올케언니가 고마워서, 단 하루만이라도 간병하는 수고를 덜어 주고 싶었다. 약속이나 한 듯이 큰언니, 작은언니, 막냇동생이 나보다 먼저 내려와 있었다.

　혈압으로 쓰러진 엄마는 한 달간 입원했다가 퇴원한 지 5개월이 되도록 말문을 열지 않으셨다. 오른쪽 마비로 인해 혼자서는 아무것도 하실 수가 없었다. 팔순 나이에 어린 아기가 된 셈이다. 밤낮으로 가족이 옆에서 돌봐야 했다. 그런 자신이 서글프고 부끄러우셨는지 눈을 감고 아무런 말씀을 하지 않으셨다. 평소라면 벌떡 일어나서 "이 더위에 너희들 내려오느라고 고생했다."고 하셨을 테지만 끝끝내 눈을 뜨지 않고 잠자코 계셨다. 신세지기를 누구보다 싫어하셨던 엄마다. 얼마나 답답하고 비참하셨을지 짐작할 수 있다. 그래도 옆에서 나누는 이야기에는 귀를 기울이셨던 모양이다. 가끔 희미한 미소를 보이곤 하셨다.

　큰언니가 갓난아기처럼 고개도 못 들고 흐느적거리는 엄마의 몸을 잡고 있다가 갑자기 한숨을 내쉬며 말을 잇지 못했다. 앙상한 뼈와 가죽만 남은 엄마 등에서 선명한 S자 모양의 척추를 보았기 때문이다. 정형외과 교과서에 실릴 만큼 앙상하고 정확한 굴곡이었다. 사람 허리뼈가 이렇게 휠 수도 있구나 싶었다. 그런 척추를 가지고 한평생을 살아오셨다니, 심장이 찢어지는 것 같았다. 오십여 년을 고생한 대가가 그토록 가혹한 증표로 나타난 것이다. 오랜 병간호 끝에 남편을 먼저 보내고 혼자 힘으로 자식 다섯을 키워 낸, 그 인생만큼 잔인하게 구부러진 척추 마디마디, 그늘진 그 굴곡이 머리에서 떠나지 않는다.

나도 이제 엄마의 전철을 밟고 있다. 몇 년 전까지만 해도 건강에 자신 있었다. 주말이면 서울 근교의 산을 네다섯 시간씩 등반했다. 그런데 좋은 시절은 다 지나가 버린 듯하다. 10년 전 허리 디스크 판정을 받았다. 지금까지는 살살 달래며 잘 버텼는데 이제는 조심 만으로는 더 이상 어찌할 수 없게 되었다. 디스크는 '탈출 전방전위 협착증'이라는 이름으로 나를 괴롭힌다. 길을 걷다 보면 다리가 저리고 허리가 아파 나도 모르게 허리를 굽힌다. 문득 꼬부랑 할머니 모습인 나를 발견하고 깜짝깜짝 놀란다.

거리에 떨어져 나뒹구는 나뭇가지를 보면 힘을 잃은 '나의 건강'을 보는 듯 안타깝다. 건강이란 그런 것이다. 늘 싱싱하고 튼튼하게 내 옆에 있을 것 같지만 때가 되면 우리를 떠난다.

여기저기 아픈 곳이 늘어날수록 엄마 생각이 절절하다. 엄마의 아픔을 몰랐던 것이 아픔으로 크게 다가온다. 어린아이같은 걸음걸이에 보조를 맞추어 드리지 못한 것이 뼈저리게 후회된다. 힘없는 노인인 엄마를 위해 다정한 말벗이 되고, 지팡이가 되어 손잡고 산책도 다녔어야 했다. 구부정한 걸음에 보조를 맞추고 천천히 걸어도 괜찮다고, 엄마와 함께하는 것만으로도 행복하다고 위로해 드렸어야 했다.

건강을 잃으면 다른 것이 보인다. 건강할 땐 보지 못했던 것들을 보고 이해할 수 있는 것은 축복인가, 슬픔인가.

그 나무는 알고 있다

　내일이 추석이다.

　공원에 나가니 거리가 한산하다. 모두들 고향을 찾아 떠났나 보다. 나도 고향이 그립다. 이제 낯설고 물선 땅이 되었지만 그래도 내가 나고 자란 곳이기에 간간이 그리움이 찾아든다.

　깊어 가는 겨울밤, 조용한 산골 마을 뒷산에서 부엉이가 울어대면 문밖에 나가지 못하고 벌벌 떨던 기억도 울컥 가슴을 파고든다. 부모형제, 친구들, 고향에 있는 한 그루 그 나무마저 사무치게 그립다.

　그 나무는 오랫동안 고향을 지키고 있다. 아마 모든 사람들의 사연을 다 알고 있을 것이다. 나의 어렸을 적 슬픔도 잊지 않고 기억해 줄 것이다. 가난이 아버지 탓이라고, 왜 우리를 두고 일찍 가셨느냐며, 얼굴도 모르는 아버지를 한없이 원망했던 그 무수한 날들도.

늦가을이면, 마을 집집마다 새 이엉을 올렸다. 다가올 겨울을 대비하는 것이다. 가장이 없는 우리 집은 언제나 꼴찌였다. 서른 여덟의 젊은 여인이 올망졸망 어린 다섯 남매 키우는 것이 안쓰러워, 낮일이 끝나면 마을사람들은 우리 집 마당으로 모여들었다. 감나무에 매달린 희미한 호롱불 아래서 서둘러 이엉을 엮었다. 새 지붕을 만들어 주던 마을 사람들의 깊은 정도, 그날 밤 유난히 밝았던 달빛과 별빛도 그 나무는 기억할 것이다.

형편이 좋은 친구들은 추석빔을 곱게 차려입었다. 부럽다고 생각했지만, 하루에 세끼 먹는 것조차 힘들었던 나는 내 것이 아니려니, 일찌감치 포기하는 법을 배웠다. 그것이 마음 편하단 걸 깨우쳤다. 내가 부러운 마음을 가지면 밤낮으로 고생하시는 엄마의 마음까지 아프게 할 것 같았다. 그래도 엄마는 모두 알고 계셨을 것이다. 모든 것을 포기하고 가슴으로 삭이고 있는 어린 딸의 마음을….

가난은 죄가 아니고 단지 불편할 뿐이라고 하지만, 직접 겪은 가난은 슬프고 비참하고 창피했다. 가난했기에 가고 싶었던 학교도 가지 못하고 그렇게 좋아하던 책 한권도 살 수 없었다. 참담히도 슬프고 아픈, 어린 내 마음을 그 나무는 알고 있을 것이다.

고향을 떠나온 지 수십 년이 지났다. 그 세월은 내 고향을 얼마나 많이 변화시켰을까. 고향도 그 나무도 참으로 많이 변했을 것이다.

불현듯 고향 생각에 올케언니에게 전화를 했다. 오랜만에 고향이 그립고 가고 싶지만 사정이 여의치 못해 가지 못한다고, 얼마 되지 않는 돈을 입금했노라 했다. 스물넷에 시집와서 홀시어머니 모시고 고생한 외며느리에게 돈 몇 푼 입금한 것이 대단한 일은 아니다. 없는 집에 시집와서도 힘든 내색 없이 시가의 형제들을 두루 보살피는, 세상 어디에라도 자랑하고 싶은 분이다. 시누이가 위아래로 넷이나 되는, 언뜻 보면 하루도 못 살고 도망칠 것 같은 시집이련만, 참으로 현명하게 집안을 이끌어 간다.

우리 형제들은 고향 땅을 밟으면 시어머니를 끔찍하게 받들어 모시는 올케언니에게 가장 먼저 감사의 말을 건넸다. 학교 갔다 돌아오면 먼저 엄마를 찾는 아이처럼 큰언니, 작은언니, 막냇동생도 한결같이 엄마가 아닌 올케언니를 먼저 찾곤 했다.

부모님이 안 계시면 친정과 멀어지고 소식도 뜸해진다고 하지만 우리 형제들은 예나 지금이나 변함없이 친정을 오간다. 지난 부모님 기일에도 오빠와 언니를 만났다. 세월을 비켜가지 못한 흔적이 얼굴 가득 이랑져 있었다. 이제는 좀 쉬어도 좋으련만 지금 이 시간에도 추석 차례상을 위한 올케언니의 분주함은 계속되고 있을 것이다.

평소에 술을 드시지 못하는 시아버님께는 식혜 잔을 올릴 테고 시어머니가 좋아하시던 굴비도 쪄서 올릴 것이다. 칠십이 눈 앞인 며느리의 차례상을 받으시면 부모님도 마음 짠하게 기쁘실 것이다.

내일은 둥근달이 온 천지를 비추는 한가위다. 내 어린 날을 모두 기억하고 있을 고향집 앞마당 감나무에도 달빛이 가지마다 가득 걸릴 것이다. 내일 밤에는 고층 아파트 사이에 비치는 달빛이라도 바라보며 향수를 달래야겠다.

어머니의 기일

어머니의 기일이라 오랜만에 고향에 가게 되었다.

한동안 어머니 기일을 그냥 넘겼다. 어머니는 내가 당신의 기일에 참석하지 못한다는 사실보다도 계속되는 그 피치 못할 사정이 더욱 가슴 아프셨을 것이다.

남편의 병간호로 정신없는 동안 벌써 큰언니가 여든이 넘었고, 작은언니와 오빠도 일흔 살 문턱을 넘었다. 어머니 연세가 일흔이 넘고부터는 집에 다녀가실 때마다 마음 한 켠에 '우리 어머니가 내년 이맘때쯤에도 다시 오실 수 있을까?' 하는 생각이 들어 가슴이 아리곤 했다. 막상 우리 형제들이 그 나이를 넘었다 생각하니 갑자기 형제들이 보고 싶고 그립다. 우리에게 남은 삶의 길이가 얼마일 지 모르지만 살아생전에 얼굴이라도 한번 더 보고 맛있는 것도 사 드리고 싶다.

우리 네 자매는 막냇동생 차를 타고 고향으로 내달린다.

몇 년 만에 가는 고향 길은 참 많이 변했다. 꼬불꼬불한 산길을 안고 화사하게 피어 있던 들국화의 모습은 온데간데없다. 도시 못지않게 아스팔트를 깔아 놓은 시골길은, 마치 몸에 맞지 않는 옷을 입은 듯 낯설었다. 어린 시절, 학교를 오가며 따 먹던 아카시아꽃과 산에 불이 난 듯 화사하게 피던 진달래꽃은 더이상 그 산자락에서 찾아볼 수가 없다.

해가 지고 어둠이 짙게 깔리면 우리는 함께, 도깨비처럼 나타난 반딧불을 쫓아다녔다. 마당에 멍석을 깔고 나란히 누워 밤하늘을 쳐다보았다. 은하수가 촘촘히 박힌 밤하늘에서는 별이 우르르 쏟아졌다. 우리는 번개처럼 지나가는 별똥별을 헤아렸다. 누가 먼저랄 것도 없이 '별 삼형제' 노래를 부르곤 했다. 이제는 아련한 추억이 되고 말았다. 빽빽이 들앉은 산업단지 건물이 고향의 포근한 맛을 앗아가 버렸다.

정성스레 만든 음식들을 제사상에 올리니 그야말로 진수성찬이다. 순간 가슴이 울컥한다. 진수성찬으로 차리는 제사상이 아니라 살아계실 때 좀더 맛있는 것을 해 드렸어야 하는데 하는, 후회와 아쉬움 때문이다.

모처럼 우리 다섯 남매가 모여 앉아 도란도란 옛이야기를 나눈다. 지나온 세월을 되짚어 본다. 언니와 오빠는 가난했던 어린 시절을 그리워한다. 시골의 초가삼간 비좁은 방에서 검은 광목 천으로 만든 솜이불을 서로 당기며 잠이 들었다. 그 시절을 소환해 이야기할 때, 언니들은 함박웃음을 짓는다. 가난을 탓하거나 원망하지 않는다. 더없는 추억이자 가족 간의 진한 사랑으로 간직하고 있다.

우리 5남매 얼굴에는 세월의 흔적인 깊은 주름살이 자리잡고 있지만, 이렇게 만날 수 있음에 얼마나 행복하던지….

어머니의 산소에는 가을이 서서히 오고 있다. 어머니를 외롭지 않게 해 드리려는 듯 다람쥐가 도토리를 소복이 쌓아 놓았다. 다람쥐들이 어머니의 말벗이 되어 주려나 생각하니 마음이 따뜻해진다.

우리들 인기척에 솔밭에서 한가롭게 휴식을 즐기던 꿩 한 쌍이 후드득 날아오른다. 장끼, 까투리의 다정한 모습에서 어머니의 환한 미소가 아련히 떠오른다.

티 없이 맑은 청자 빛 하늘에서 가을을 알려 주던 고추잠자리의 날갯짓은 보이지 않는다. 이리저리 뛰며 우리와 숨바꼭질하던 메뚜기도 자취를 감추었다. 대신 전에는 볼 수 없던 커다란 그물망이 논두렁과 밭두렁 과일나무에 뒤얽혀 있다. 시골에 터를 내리고 고향을 지키며 살아온 오라버니의 설명이 참 슬프다. 농작물을 마구 파헤치는 고라니와 산토끼를 막기 위해서 쳐 놓은 것이라고 한다. 산에 먹을 것이 없으니 짐승들이 논밭으로 내려오고 곤충을 먹이로 삼던 까치가 이젠 과일나무들을 망쳐 놓는단다. 농약 때문에 곤충들이 박멸되어서다.

예로부터 까치가 울면 반가운 손님이 온다고 했다. 이른 아침 사립문 앞 커다란 감나무에 까치가 날아와서 우는 날이면 혹시 우리집에 반가운 손님이 오려나 기다려지기도 했다. 손님이 오면 달걀찜이나 꽁치조림이 상에 오를 텐데, 은근히 기대하던 옛 생각이 떠올라 웃음이 난다.

이제는 까치가 반갑지 않은 손님이라니 쓸쓸하고 섭섭하다. 늦가을이면 발갛게 익은 감을 따서 항아리에 담아 놓았다. 겨울 동안 먹을 유일한 간식거리다. 앙상한 감나무 가지 끝에 까치밥이라고 남겨 둔 홍시가 그림처럼 걸려 있던 모습이 눈에 선하다. 까치밥을 걱정한 어른들의 지혜로움과 인심도 그립다.

자연은 변하지만 우리는 여전히, 어머니 품에서 살던 그 시절의 일부로 남아 살아간다.

시골의 초가삼간 비좁은 방에서
검은 광목천으로 만든 솜이불을 서로 당기며
잠이 들었다.
그 시절을 소환해 이야기할 때,
언니들은 함박웃음을 짓는다.

엄마 기일,
오 남매가 함께
엄마 산소에 가다

특별한 고부 사이

나는 아버지의 얼굴을 기억하지 못한다.

기억을 더듬어 찾으면 아랫목에 병든 몸을 뉘고 빙긋이 웃던 쓸쓸한 모습만 희미하게 떠오른다. 엄마는 아버지의 약을 구한다고 여기저기 다니느라 집에 계시지 않았다. 엄동설한 추위에도 약초를 캐러 꽁꽁 언 산자락을 뒤지고 다니셨다. 그러다가 미끄러져 발목을 다치기도 하고 발에 동상이 걸려 고생하셨다. 그렇게 열심히 병구완에 매달리셨지만 아버지는 끝내 머나먼 하늘나라로 가셨다.

눈앞이 캄캄하셨을 텐데도 엄마는 약한 모습을 보인 적이 없다. 자식들에게 엄하고 훈계가 참으로 많으셨다. "아비 없는 자식 소리 듣지 않게 조심히 행동해야 한다. 큰소리가 담 밖으로 나가지 않게 하라." 부터 시작해서 예절교육을 단단히 시키셨다.

엄마는 삶을 모조리 자식들에게 헌신적으로 쏟아부으셨다.

낮에는 들로 산으로 다니며 일하고 저녁에는 바느질을 하셨다. 한학 공부를 하신 외할아버지 덕분에 엄마는 글을 익히셨다. 여자로서는 동네에서 유일했다. 간간이 동네 사람들을 모아 놓고 언문(한글)을 가르치기도 하셨다.

우리 집은 딸 넷에 아들 하나, 다섯 남매였다. 엄마는 그중 오빠를 유독 애지중지하셨다. 올곧고 무서운 엄마도 오빠에게만은 바람 불면 날아갈까 만지면 터질까 노심초사하셨다. 아들을 위해서라면 불길 속도 마다 않으실 것 같았다. 오빠의 혼기를 앞두고 고민에 빠지셨다. 편모슬하에서도 흉잡히지 않게 키웠지만 홀시어머니에 시누이가 넷이나 되는 집에 누가 시집을 보내려고 하겠는가. 예로부터 홀시어머니는 아들을 빼앗기지 않겠다는 일념 때문에 며느리를 사사건건 간섭하고, 또 부부 사이를 갈라놓는 일도 흔하다고 한다. 그런 이유인지 중매하는 사람들도 매우 조심스러워 했지만, 형제간의 우애 좋음을 아는 마을 사람들이 오빠에게 좋은 혼처를 주선했다.

올케언니는 오빠의 이상형은 아니었지만, 맞선 보는 자리에서 심성 착하고 고운 마음을 알 수 있었다고 한다. 양친 부모와 할머니를 모시고 있어 어른을 섬길 줄도 알고, 저렇게 천성이 고운 사람이라면 그동안 고생하신 엄마의 마음을 보듬어 드리고 이해할 수 있을 것이라는 기대를 갖고 결혼했다는 것이다.

오빠의 그런 깊은 마음을 헤아린 때문인지 엄마의 며느리 사랑은 유별나다. 며느리를 맞고부터는 당신 배 아파 낳은 딸들은 눈에 들어오지도 않는 모양이었다. 무엇이든 딸들을 제치고 며느리에게 주셨다. '딸 들은 다 출가외인'이라고 강조해서 우리 자매를 섭섭하게 하셨다. 간혹 서울 우리 집에 다니러 오셨는데, 백화점에 모시고 가면 "나는 괜찮으니까 네 올케언니 것이나 사. 저기 저것이 네 올케에게 맞겠다. 내 것 말고 네 올케 것." 하시며 올케언니를 챙기셨다.

고향 친구들과 반짓계를 들어 내 차례가 되었을 때다. 엄마를 모시고 금은방에 갔다. 우리를 키우느라 나무토막처럼 거칠어진 엄마 손가락에 금반지를 끼워 드리고 싶었다. 그런데 손가락 사이즈를 재고 나더니 자수정 반지를 고르신다. 금은방 사장이 "할머니, 그것은 따님처럼 젊은 사람들이 하는 거예요. 할머니는 여기 황금 반지가 어울려요." 해도 한사코 보석반지를 고르셨다. 나중에 고향에 가서 보니 올케언니의 손가락에 그 반지가 끼워져 있었다.

이심전심이라고 올케언니도 어머니에 대한 효심이 지극하다. 엄마가 혈압으로 쓰러져 중환자실에 계실 때에도 손수 수발을 들었다. 피 한 방울 섞이지 않은 고부 사이지만 얼마나 정성껏 간호를 하는지 병원의 관계자들도 며느리가 아닌 딸로 착각할 정도였다. 마지막 순간에도 엄마는 며느리의 손을 잡고 운명하셨다.

엄마의 빈자리를 지금은 올케언니가 지킨다. 때마다 김치, 고추장을 담가 택배로 보내 준다. 우리 자매는 명절마다 올케와 오빠가 있는 곳을 찾아간다. 친정 엄마가 안 계시면 친정과는 멀어진다고 하는데, 예나 지금이나 그 자리 그곳에 있다. 멀리서 지켜보는 친정 엄마가 참 흐뭇해 하실 일이다. 홀시어머니와 외며느리의 끊임없는 사랑과 노력은 가족들의 튼튼한 끈이 되어 아직도 우리를 이어 준다.

　　혼기 찬 아들을 바라보니 새삼 엄마와 올케언니의 노력이 교훈으로 다가온다. 당연한 듯 자기 욕구를 우선시하는 요즘, 엄마의 조용한 희생이 더욱 값지게 느껴진다.

엄마는 다 그래

해마다 어버이날이면 연례행사처럼 아이들이 몰려온다.

모처럼의 휴일인데 시댁과 친가를 오가느라 고생하지 말라고 일러도 한사코 온다. 바쁜 일정에 쫓겨 다니느라 파죽음이 되는 것을 보면 한없이 안쓰럽다. 우리 부모님도 예전에 이런 마음이 었을 것이라 생각하니 가슴이 찡하다.

영국 시인 T.S. 엘리엇은 자신의 시 〈황무지〉에서 4월은 잔인한 달이라고 했다. 우리 현실로는 5월이 더 잔인한 달이 아닐까 싶다. 5월 5일 어린이날을 시작으로 8일 어버이 날, 15일 스승의 날, 21일 부부의 날이 쭉 이어진다. 일일이 챙겨야 하는 입장에선 생각만 해도 숨이 찰 일이다. 더구나 젊은 부부들에게는 경제적으로나 시간적으로 무척 부담이 될 것이다.

사실, 어버이날이라 아이들이 찾아온다고 하면 "힘든데 뭘 오니, 모처럼 아이들하고 푸욱 쉬거라." 하면서도 은근히 기다려진다. 시계를 열두 번도 더 들여다본다. 온다는 시각에 오지 않으면 차가 막하나, 무슨 사고가 났나 조바심이 난다. 수없이 전화기를 들었다 났다 초조해하는 내 모습을 발견하게 된다.

우리 아이들이 어렸을 때, 친정 엄마 생신이나 아버지 기일이 되어 모처럼 시골에 가면 올케언니는 "다음부터는 고모들 좀 일찍 오세요. 기다리다가 어머님 눈 빠지겠어요. 하루 종일 사립문이 닳도록 들락날락하셔요. 기운도 좋다니까요." 했다. 그러면 나는 "아유, 시간 되면 어련히 올까. 우리도 아침부터 서둘렀는데, 엄마는 왜 그러시는지 모르겠네요."라고 했었다. 그때는 엄마의 마음을 전혀 헤아리지 못했다. 내가 막상 겪어 보니 이제야 그 간절한 마음을 알 것 같다.

내가 어렸을 적에는 어버이날이라고 해서 특별한 것은 없었다. 학교에서 선생님과 함께 빨간색 습자지로 카네이션 꽃을 만들어 어머니 가슴에 달아 드렸을 뿐이다. 마을 쉼터에 가면 어느 집 부모님이나 할 것 없이 가슴에 빨간 카네이션을 달고 개선장군처럼 서 계셨다. 흐뭇한 미소를 머금은 어르신들의 밝고 행복에 찬 모습이 지금도 잊히지 않는다.

시대가 변한 탓일까. 요즘에는 가슴에 꽃을 달고 다니는 사람을 찾아볼 수 없다. 대신 꽃바구니가 자식들의 손에 들려 어버이들에게 전해진다. 꽃바구니에는 '어버이 은혜에 감사드립니다' 라는 리본이 달려 있다. 대부분의 자녀들은 부모님과 함께 식사를 하거나 봉투를 내어놓는다. 요즘 어버이날의 실제 모습이다.

모처럼 가족이 한자리에 모여 손녀의 재롱을 보고 있으니 지나온 날의 기억들이 주마등처럼 떠오른다. 남편을 여의고 혼자 다섯 남매를 키운, 엄마의 삭정이 같은 가슴에 아무것도 해 드리지 못했다는 생각에 울적하다. 부모님 산소에 하얀 카네이션 꽃바구니라도 놓아 드려야겠다.

엄마가 보고 싶다

가을비가 촉촉이 내린다.

관협착증이라는 불청객을 몰아내기 위해 물리 치료차 집을 나선다. 어둔한 내 발걸음이 스스로도 낯설다. 문득 엄마가 눈물 나도록 보고 싶고 그립다. 나에게 걸음마를 가르쳐 주신 엄마, 내가 한 발짝씩 떼는 모습을 보고 누구보다 기뻐하셨을 엄마.

내가 관협착증이라는 진단을 받고 보니 이제야 버겁게 따라 오시던 엄마가 이해가 된다. 엄마는 서른여덟에 남편과 사별하고 가장이 되셨다. 작은 체구로 산을 오르내리며 땔감을 마련하고 손수 머리로 이어 나르셨다. 집 안팎의 대소사를 혼자의 몸으로 이겨 내며 다섯 남매를 키우셨다. 산나물을 캐서 내다 팔고, 밤이면 삯바느질로 한 푼 두 푼 모아서 우리를 가르치셨다. 그러고도 해준 게 없다며 항상 미안해 하셨고, 아프단 말씀은 한마디도 없으셨다.

결혼하고 아이들 재롱을 보면서 내 생활이 편안할 때, 엄마 건강을 더욱 살폈어야 했다. 천하장사도 아니고 삼사십 년을 혼자 아이들을 키우며 뒷바라지하셨는데, 어떻게 엄마 몸이 세월을 이겨낼 수 있었겠는가. 굽은 등은 자연의 섭리가 아니라는 걸 그때 알았어야 했다. 박복함이 장난질 치듯 엄마의 곧은 등뼈를 흩뜨릴 때 보란 듯이 나서서 의사를 찾고 치료사를 찾아야 했다. 허리를 교정시켜 드리고 침대도 사 드려야만 했다.

이제, 내 나이 칠십이다. 그래도 엄마가 보고 싶다. 엄마는 "아휴 철딱서니 없는 것, 네 나이가 지금 몇인데 엄마 타령하고 있니?" 하시겠지만, 엄마가 사무치게 그립고 보고 싶다.

아이 셋을 키우는 생활이 늘 힘에 버거웠다. 남편의 외벌이 월급은 빠듯했고, 전업으로 꿈을 펼치지 못하는 것도 원망스러웠다. 크고 작은 힘든 일이 있을 때마다 엄마에게 속사포처럼 하소연을 쏟아 냈다. 묵묵히 듣고만 계시던 엄마, 그 마음은 얼마나 아리고 힘들었을까. 엄마에게 쏟았던 차가운 말들이 대못이 되어 마음속에 박힌다.

엄마를 다시 만날 수 있다면, 아니 꿈에서라도 만날 수 있다면 따스한 품속에 꼭 안기어 쌔근쌔근 잠들고 싶다. 아니, 내가 엄마를 꼭 안아 드리고 싶다. 오랜 세월 자식들 위해 사느라 척추가 S자로 변해 버린, 그 가엾은 몸을 따뜻하게 어루만져 드리

고 싶다. 정말 고생 많으셨다고, 낳아 주셔서 고맙다고 내 체온
으로 엄마를 안아 따뜻하게 덥혀 드리고 싶다.

어찌할 수 없는 세월이 답답해 병원 문을 열고 하늘을 본다.
청명한 가을 하늘에 목화솜같은 뭉게구름이 두둥실 떠다닌다.
그랬지, 엄마의 삯바느질 실뭉치가 초가지붕 단칸방에 저렇게 굴
러다녔지…. 그 초가집 방바닥에 피곤한 머리를 누이며 나를 꼭
안아 주시던 엄마가 너무 그립다.
우리 엄마가 눈물나게 보고 싶다.

때 늦은 응석

엄마 무덤에
문이 있다면
살며시 들어가
엄마 곁에 눕고 싶다.

PART 4

116번 기사님

제2의 고향 분당

겨울비가 내린다.

소리 없이 내리는 비는 겨울비라기보단 봄비 같은 느낌이다. 오랜만에 분당모임에 가는 내 마음도 봄처럼 설렌다. 분당모임은 93년 분당으로 이사 와서, 윗집 아랫집이 같이 만든 모임이다. 지난달엔 나의 해외여행으로, 그 전 달엔 윗집 아들 결혼식으로 모임을 갖지 못했다. 못 만난 지 석 달이나 되었다.

사교성이 부족한 나는 매사에 차다는 소리를 많이 듣는다. 사람 사귀기도 쉽지 않은 성격인데, 분당으로 이사 와서는 앞집을 잘 만난 덕에 제법 이웃과 정답게 지내고 있다.

서울에서는 단독주택에 살았다. 간혹 뉴스에서 아파트의 삭막한 실태가 보도되었다. 그걸 보면서 분당으로 이사하는 것이 두려웠다. 아파트는 바쁜 사람들이 이웃도 모르고 살벌하게 사는 곳 같았다. 남편에게 "분당으로 절대 이사하지 않을 테니 이사를 가려면 당신 혼자 가라." 며 투정을 부리곤 했다. 남편은 그렇게 싫으면 한 3년 만 살고 다시 서울로 돌아오자며 설득했다.

막상 이사를 하고 보니 이웃들이, 단독주택의 꽉 닫힌 대문보다 오히려 더 가깝고 따뜻하게 느껴진다. 그렇게 한 해 두 해 살아온 세월이 벌써 20년이 됐다.

한번은 정말로 난처한 일이 있었다.

서울 시숙 칠순 잔치로 대전에서 친척들이 오셨다. 시숙의 처가에서도 많은 분들이 오셨는데, 오랜만에 만난 친인척끼리 환담을 나누다 보니 시간 가는 줄도 몰랐다. 어쩔 수 없이 모든 분들이 하룻밤을 묵어야 하는 불가피한 사정이 되었다. 시숙 댁에서는 처가에서 오신 분들이 주무셔야 해서 우리 집에 시댁 식구들을 부탁했다. 손님맞이를 생각지 못한 나는 텅 빈 냉장고부터 걱정되었다. 게다가 난방도 끈 상태여서 집안은 냉골이었다. 친척 어른들을 모시기엔 부족함이 많아 당황스러웠다. 급한 마음에 난방 조절이라도 부탁하려고 앞집에 전화를 했다. 전후 사정 이야기를 들은 앞집의 전 여사는 기꺼이 해 주겠다며 현관 비밀번호를 물었다.

손님들을 모시고 와서 보니, 놀랍게도 전 여사는 난방 조절만 해 준 것이 아니었다. 어수선한 거실도 싹 정리하고 평소 솜씨 좋기로 소문난 자기 집 반찬을 우리 집 냉장고에 가득 넣어 두었다. '먼 친척보다 가까운 이웃이 낫다' 는 말이 실감났다. 그 따뜻한 마음이 고맙고 흐뭇했다.

　가까운 이웃뿐만 아니라 동네 이웃들도 마찬가지다.
　아침마다 운동을 함께하는 운동 모임이 있는데, 경조사가 있을 땐 운동 뒤에 떡을 나누기도 하고 소소한 선물과 따뜻한 말로 마음을 나눈다. 미처 소식을 전하지 못하고 큰일을 당하면 먼저 전화해 안부를 묻는다. 93년도부터 아침 운동을 시작했으니 이 운동 모임과는 20년이 넘었다. 이렇게 긴 세월 사랑과 우정으로 시간을 보내다 보니, 얼음보다도 더 차게 보인다던 내 인상도 서울에 있을 때와는 많이 변했다고 한다.
　아파트를 사랑으로 채우는 사람들 마음만큼 주변 환경도 아름답다. 가까운 중앙공원에 봄이 오면 산과 개천가에 아름다운 꽃들이 만발하다. 여름이면 녹음이 우거지는데, 푸름이 손짓하고 시원한 그늘을 드리운다. 어디 그뿐이랴, 가을이면 아름다운 오색단풍 옷을 입은 나무들이 환한 미소로 맞아 준다. 간혹 청솔모가 나뭇가지에서 줄타기를 하고, 간간이 오소리도 나타나 청정 속 자연의 묘미를 더해 준다. 겨울이면 나무는 모든 것을 자연에게 내어 준다. 앙상한 가지로 벌벌 떨며 있다가 눈이 내리면 가지마다 하얀 눈꽃을 피우는 요술을 부리기도 한다. 자연이 그려 놓는 그림 앞에서 그저 행복하다.

'천당 아래 분당이다' 라던 어느 신문기사의 구절이 생각난다. 나는 그런, 천당 아래 동네인 분당에 살고 있다. 도토리를 까던 다람쥐와 산토끼가 우리를 흘깃 쳐다보고, 따스한 햇살이 가득 내려앉는 이곳은 바로 나의 제 2의 고향 분당이다.

116번 버스기사님

우리 주변에는 따뜻한 마음을 베풀며 사는 사람이 많다.

1993년 우리가 분당으로 이사 왔을 때, 이곳 환경은 매우 열악했다. 신도시라는 거대한 이름을 걸고 건설 중이었는데, 밤에는 암흑이었고 낮에는 기계 소음과 먼지로 아수라장이었다. 높은 산과 들을 깎아 논밭을 메웠으니 제대로 된 도로가 있을 리만무하다. 대중교통을 이용해 서울과 분당을 왕래하기도 쉽지 않았다. 대부분 양재역까지 지하철로 이동한 뒤 분당 행 버스로 갈아타야 했다. 배차 간격도 길어서 버스는 항상 콩나물시루처럼 만원이었다. 분당에서 서울로 매일 등교하거나 통근한다는 것은 고통이고 지옥이었다. 왕복하는 시간만 보통 하루에 3~4시간이 소요되는데, 얼마나 힘이 드는지 저녁이면 파김치가 되어 들어오곤 했다.

분당으로 이사 오던 해다.

대학교에 갓 입학한 딸은 보통 저녁 8~9시가 되면 귀가하는데, 그날은 밤 11시가 넘어도 오지 않았다. 불안하고 초조해 안절부절못하고 있는데 딸아이로부터 전화가 왔다. 자신이 광주에 있으니 데리러 오라는 것이다.

분당에 이사 온 지 한 달도 되지 않아 아직 지리도 잘 모르는데 '광주'라니, 눈앞이 캄캄하고 불길했다. 마음속으로 '광주, 광주' 되뇌는데 다시 전화벨이 울렸다.

"엄마, 여기 경기도 광주버스터미널이에요. 전화 부스 안에서 기다릴게요."

다리가 후들거리고 아무 소리도 들리지 않았다. 광주버스터미널 전화 부스 안이라니…. '납치된 것일까? 아니야, 우리 집에 무슨 돈이 있다고 애를 납치해? 그것은 절대 아니야. 그런데 왜 광주버스터미널 전화 부스에서 기다린다는 것이지?' 불길한 생각이 머릿속을 가득 메웠다.

가슴속은 쿵쾅거리고 안절부절못하는데 또 전화벨이 울렸다. "엄마, 무서워. 언제 오실 거예요?"라고 하더니 "엄마, 아저씨가 전화 바꿔 달래요." 했다. 순간 나는 정신이 아찔했다. 머릿속이 캄캄하고 가슴이 요동쳤다. 호흡이 가빠지고 심장이 오그라드는 것 같았다. 말문이 막혀 말도 나오지 않는데 전화선을 타고 낯선 남자의 목소리가 들렸다.

"여기 경기도 광주에 있는 버스터미널인데 지금 시간이 늦어서 오실 수 있으시겠어요? 저는 잠실에서 광주까지 운행하는 116번 버스 기사입니다. 학생이 버스에서 잠들어 있어서 깨웠더니 집이 분당이라고 하네요. 버스는 끊어졌으니 제가 따님을 댁까지 데리고 가겠습니다. 주소 좀 말씀해 주세요."

시계를 보니 자정이 다 되었다. 이 늦은 시간에 버스 기사가 집까지 데려다 준다고 하니 고맙기는 하지만 사실 불안한 마음은 가시지 않았다. 그날따라 남편도 회식이 있어 늦는다고 했으니, 딸아이가 무사히 돌아오기만을 기다릴 수밖에 없었다.

서울은 밤낮을 구별할 수 없을 만큼 가로등과 네온사인이 밝은데 분당은 이제 겨우 신도시로 발돋음하는 곳이라 허허벌판이었다. 간간이 지어 놓은 아파트만 키 자랑하듯 우뚝 솟아 어둠 속에 장막을 쳤다. 한 집 두 집 아파트의 불빛이 꺼지고, 밤하늘의 별빛은 더욱 초롱초롱 빛났다. 어둡고 답답한 내 마음을 모르는 척. 기다림의 시간은 잔인하게 길었다. 밤하늘을 올려다보며 총총히 박힌 별을 세어 보기도 하고, 별똥별이 떨어지던 고향 마을의 머나먼 하늘도 그려보았다.

딸을 데리고 온다던 116번 버스 기사는 오지 않고 별별 생각이 다 들었다. 불길한 예감이 머릿속에서 온갖 상상을 자아내며 어지럽게 춤을 추고 눈물이 펑펑 쏟아졌다.

그때 자동차 한 대가 달려와 우리 동 앞에 멈추더니 문이 열렸다. 딸과 함께 내린 사람은 버스 기사와 그 부인이었다.

기사 분 말이, 차고에 차를 넣으려고 버스 안을 점검하는데 한 여학생이 곤히 잠들어 있었다. 깨웠더니 분당에서 내려야 하는데 어쩌냐며 울었다. 그래서 아내에게 자신의 승용차를 버스 차고지로 가지고 오라고 했고, 그 차에 태워 직접 데리고 왔다고 한다. 처음엔 택시에 태워 보내려고 했는데 세상이 하도 험해서 마음이 놓이지 않았다는 것이다.

늦은 시간이라 차 한 잔 대접도 못하고 고맙다는 인사와 함께 준비해 둔 택시비 봉투를 내밀었다. 그분은 기겁을 하며 차문을 닫고 쏜살같이 가 버렸다.

다음날 116번 버스회사로 전화를 해서 전날 저녁에 있었던 이야기를 하고 그분을 찾았다. 마침 그날이 비번이라 개인적으로 연락해 보라며 전화번호를 알려 주었다.

작은 보답이라도 하고 싶어서 전화를 했다. 집주소를 가르쳐 달라고 하니, 아내 분이 "우리 남편 원래 남을 위해 솔선수범해요. 그날도 공중전화부스에서 기다리게 하고 돌아섰지만 어린 여학생을 어둠 속에 두고 발길이 떨어지지 않았대요. 늦은 시간이라 따님 혼자 태우고 분당으로 가면 혹시 따님이 놀랄 것 같아 저에게 나오라고 해서 함께 갔던 거예요." 한다. 집 주소는 가르쳐 주지 않고 오히려 전화 주어서 고맙고 보람이 있다고 했다.

작은 과일 바구니라도 보내겠다고 하니 진심으로 사양하겠노라며 끝내 가르쳐 주지 않는다. 오른 손이 한 일을 왼 손이 몰라야 한다고 하는 말을 몸소 실천하는 분이구나, 생각했다.

어느 날, 낡은 전화번호 수첩을 뒤적이다 '116번 기사'라고 쓰여 있는 번호를 보았다. 반가움에 혹여나 싶어 다이얼을 돌렸지만 없는 번호라고 나온다. 버스 회사로 전화를 해서 찾아볼까도 했지만 그분의 이름 석 자도 모르니 찾을 길이 막연하다. 찾을 수 있다면 한 번 더 고마움을 전하고 싶은데….

24년이란 세월은 그렇게 고마운 마음만 남긴 채 희미하게 사라져 간다. 아쉬움만 세월을 거슬러 점점 짙어진다.

산타로 사는 그녀

365일 산타, 그녀는 참으로 예쁘고 아름답다.

항상 얼굴에 고운 미소를 가득 담고, 상냥한 목소리로 주변 사람들의 마음을 편안하게 한다. 그녀를 보고 있으면 그 내면에 마음씨 고운 천사가 자리잡고 있는 것 같다. 그 마음은 어두운 밤하늘에 아낌없이 뿌려진 별처럼 빛난다.

그녀를 만난 것은 분당 신도시로 이사 온 후다.

마을이 채 형성되지 않은 엉성한 신도시 분당은 그야말로 유령 도시라고 해도 과언이 아닐 정도였다. 밤이면 암흑 세계였고 낮이면 공사장의 소음에 시달렸다. 지금은 천당 아래 분당이라고 할 정도로 공기 좋고 인심 좋은 마을이 되었지만 그때는 그랬다.

분당으로 이사 오기 전 나는 무척 소심했다. 낯가림이 심해서 처음 만나는 사람에게 먼저 말을 붙이지 못했다. 주변 사람들과도 항상 적당히 거리를 두었다. 그런데 분당 이웃들의 따스하고 넉넉한 인심이 나를 새로운 성격으로 변화시켰다.

어느 날 은행에서 막내딸 친구의 엄마를 만났다. 그녀는 내 뒷모습을 보고 "어머, 미영이 어머님 아니세요, 안녕하세요? 나 지현이 엄마예요."라고 정겹게 인사를 했다. 친숙하지 않은 사람과는 눈이 마주쳐도 인사하기가 서먹한데 뒷모습을 알아보고 반가워해 주다니, 나는 그녀에게 깊은 인상을 받았다. 친밀감은 먼저 다가가는 데서 시작된다는 것도 새삼 배웠다.

앞집의 전 여사는 1993년 3월 1일, 우리 집이랑 같은 날 이사 왔다. 어느 날 그녀가 나에게 말했다.

"처음 이사 왔을 때, 박복임 씨는 얼굴이 얼음보다 싸늘했어요. 말투에도 찬바람이 쌩쌩 불어 무척 걱정했어요. 아파트에서는 이웃을 잘 만나야 하거든요. 그런데 눈길 한 번 제대로 마주치지 않는 여자가 앞집으로 왔으니 큰일이었지요. 어떻게 저런 사람이 이웃이 되었을까? 매우 조심스럽고 마음이 착잡했어요."

그렇지만 한두 달 후엔 자신의 판단이 틀렸다는 걸 알았다며 깔깔거린다. 웃음 가득한 그 얼굴을 보면서 오판이 아니라고, 당신의 적극적인 성격이 나를 많이 끌어 주고 도와주었기 때문에 성격이 변한 거라고 말하고 싶었지만 그냥 함께 웃었다.

분당으로 이사 온 후, 운동 모임에서 소중한 친구들을 만났다. 25년 동안이나 그들과 함께 매일 아침 운동을 하고 있다.

운동신경이 둔한 나는 남들처럼 유연하고 재빠르게 움직이지 못한다. 간혹 한 박자씩 늦거나 빠를 때가 있다. 그러면서도 한쪽 모서리가 아닌 중앙에 서서, 거울을 마주하고 자신의 모습을 훔쳐보는 대담함을 고수한다. 엇박자로 운동을 해도 누구 하나 인상 쓰거나 싫은 내색을 하지 않는다. 웃음으로 덮고 감싸 준다. 이런 깊은 우정과 사랑이 있기에 나는 중앙에 서서 활기차게 운동을 한다.

우리 회원 25명은 늘 헬스장에서 만난다. 매서운 바람이 살을 에는 겨울 아침에도 어둠을 뚫고 그곳으로 간다. 춥고 귀찮을 만도 한데 건강을 위해 참고 나가는 것이다. 거기엔 그렇게 대단한 사람들이 모인다. 간간이, 재치 있는 회원이 우스갯소리를 하면 모두들 박장대소한다. 보약 같은 그 웃음으로 그날 하루의 에너지를 충족시킨다.

매일 아침 8시, 반장의 힘찬 구령이 뇌를 자극하고 긍정적인 에너지 스위치를 켠다. 그 구령소리에 힘을 얻은 회원들은 모두 땀을 뻘뻘 흘리며 운동을 하고 거기에서 기쁨을 얻는다. 찬바람이 불고 비바람이 몰아쳐도 아랑곳하지 않는다. 에어로빅이란 운동과 서로의 존재에 중독된다.

반장 역할을 하려면 어려운 점이 한두 가지가 아닐 것이다. 그런데도 그녀는 불평불만 없이 회원들을 위해 아낌없이 희생하고 봉사한다. 언젠가 반장이 우산을 잔뜩 가져와 선물이라며 회원들에게 나누어 주었다. 우산 공장을 하는 회원의 회사 사정이 좋지 않다는 말이 돌 때였다. 모두 안타까워할 뿐 딱히 도울 방법을 모르던 차에 반장의 지혜로운 선행을 보고 모두 감탄했다.

그녀의 넉넉한 마음은 보름달보다도 더 풍성하다. 크리스마스가 아니어도 그녀는 늘 산타가 되어 어려운 이웃을 돕고, 회원들을 자상하게 살핀다. 어려움을 보고 외면하면 무슨 큰일이라도 나는 것처럼 열심히 베푸는 그녀는 우리 일상의 산타로서 항상 주변 사람들을 감동시킨다.

그녀는 산타로 산다. 어제도, 오늘도, 내일도, 모레도… 먼 훗날까지도.

층간 소음

쿵쾅쿵쾅, 드르륵, 지잉, 딩동댕동, 멍멍….

단독 주택에서 아파트로 이사 온 첫날, 말로만 듣던 층간 소음이 머리 위에서 시작된다. 운동장도 아니건만 공차는 소리, 쿠궁쿵 걸어가는 발자국 소리, 드륵드륵 의자 끄는 소리가 요란하다. 뿐만 아니다. 아이들이 뛰어다니고 그랜드피아노 소리가 정신을 어지럽힌다. 뉴스에서만 듣던 층간 소음이 이런 것이구나 싶다.

고3 딸아이를 데리고 이사를 온 것도 큰 결정이었는데, 온갖 소음을 머리에 이고 살아야 한다니 눈앞이 아찔하다. 집안을 휘젓고 다니는 소리 때문에 머리가 다 어지러울 지경이다. 매일, 해가 저물 무렵 시작되는 그랜드피아노 소리는 낮부터 들리던 소음의 정점을 찍는다.

아파트는 공동주택이다.

우리 집 바닥은 아랫집의 천장이고, 우리 집 천장은 윗집의 바닥이다. 공기와 소리를 모두 공유하는 주거공간이니 다 함께 조심해야 한다. 윗집은 그걸 알면서도 모르는 척하는 것인지, 정말로 몰라서 그렇게 밤낮없이 쿵쾅거리는 것인지 알 수가 없다. 그저 모른 척하며 자신들이 편리한 대로 생활하는 것만 같다.

아파트에서는 이웃을 잘 만나야 한다던데, 가뜩이나 사교성 없는 나는 걱정이 앞선다. '먼 곳에 있는 친척보다 가까운 이웃이 낫다.'는 말이 있다. 그런데 이 일을 도대체 어떻게 풀어야 할까. 신도시는 전국 곳곳의 사람들이 모인 곳이다. 발걸음조차 조심스러운 마당에 윗집에 어떻게 마음을 전해야 할지 고민하느라 머리가 지끈지끈 아프다.

매일 인터폰을 쥐었다 놨다 하는 사이에 서너 달이 지난다. 끙끙거려도 뾰족한 방법이 없다. 그저 조심스럽게 부딪쳐 보기로 마음을 정한다. 작은 케이크를 하나 사 놓고 용기를 내 인터폰을 든다. "저 3층인데요. 이사 와서 인사도 제대로 못 드렸네요. 혹시 시간 되시면 저랑 차 한 잔 하시겠어요?"라고 했더니 흔쾌히 응한다.

차와 케이크를 마주하고 이야기를 나눈다. 이런저런 이야기 끝에 소음 이야기를 꺼내려는 순간 가슴이 뛰기 시작한다. 잘못한 것도 없이 말 꺼내기가 망설여진다. 그렇지만 고3 딸을 위해 용기를 낸다. 우리 집에는 지금 고3 수험생이 있고, 천장에서 들리는 그랜드피아노 소리 때문에 어려움이 많다. 방음장치가 전혀 없어서 소리가 굉장히 크게 울린다. 낮에는 이해하겠지만, 저녁 일곱 시 이후에는 피아노만이라도 삼가해 달라고 정중히 부탁한다.

방해가 되는 줄은 미처 몰랐다고 말할 줄 알았다. 그런데 뜻밖으로 "애기 엄마, 그러잖아도 내가 미리 찾아오려고 했는데 어쩌다 보니 이렇게 늦었네요. 우리 큰딸이 피아노 전공이라 연습도 해야 하고, 나름대로 용돈벌이로 초등학생 교습을 하고 있어요. 레슨이 주로 저녁에 있어서 그러니 좀 봐 줘요."라며 생각지도 못한 말을 한다. 오히려 내가 이해해야 한다는 태도에 말문이 막힌다. 혹 떼려다가 혹만 붙이고 대화가 끝난다. 가까스로 웃으며 인사는 했지만, 소음이 계속될 때마다 마음이 씁쓸하다.

위층은 우리보다 한 달 먼저 입주했다. 막내아들이 고등학교 2학년이라고 한다. 쿵쾅거리는 소리는 막내아들이 공을 가지고 강아지와 축구 놀이를 하는 소리고, 웅장한 피아노 소리는 예상대로 그랜드피아노 소리가 맞았다. 아이들이 뛰어노는 소리는 교습생들일 터였다.

그날 이후에도 소음은 조금도 줄어들지 않는다. 매일매일 그 집의 일상이 소리로 내려와 우리 집 구석구석을 뛰어다닌다.

결국 우리 집 아이들을 이해시키며 참고 있던 차에 어느 날 오후, 싸움하는 소리가 들려온다. 윗집과 그 윗집의 언쟁이다.

"참고 있자니 도대체 밤낮을 구별 못하네! 피아노 소리에 공차는 소리! 강아지는 짖지! 여기가 당신 혼자 사는 곳인 줄 알아? 여긴 서른여섯 세대가 사는 공동주택이야!"

5층 어르신의 목소리가 아파트를 뒤흔든다. 싸움이 싫어서 참고 견뎌 온 내 마음이 위로를 받는다.

소음의 근원지인 윗집은 여전히 당당하게 맞서고, 싸움은 점점 더 커진다. 큰 소리가 쩌렁쩌렁 울리자 급기야 관리실에서 중재에 나선다. 잠시 후 아파트 안내 방송이 싸움을 정리한다.

"관리실에서 말씀드리겠습니다. 아파트는 혼자 사는 단독 세대가 아니고 서로가 배려하고 이해하면서 더불어 살아가는 공동 주택입니다. 저녁 여덟 시 이후에는 각종 악기나 피아노 소리를 삼가해 주시고 늦은 시간 세탁기 돌리는 것도 자제해 주시기 바랍니다. 이상은 관리사무소에서 알려 드립니다."

그야말로 십 년 묵은 체증이 내려가는 것 같다. 나만 예민한가 싶던 물음에 아니라고 괜찮다고 편 들어 주는 방송 같다.

그 일 이후에도 윗집은 변하지 않는다. 여전히 소음을 안고 살아야 하는 우리 집 처지도 변함이 없다.

이제는 세월이 많이 흘러 피아노 치던 그 집 큰딸은 피아니스트가 되고, 집을 축구장 삼던 아들은 한 아이의 아빠가 되었단다. 한동안은 서먹하게 지냈지만, 세월이 지나 자녀들이 모두 장성하니 우리의 관계도 조금씩 회복되어 웃으며 인사를 나눈다. 그때 얼굴 붉히지 않은 건 정말 잘한 일이다. 세월이 흘러 노년기를 맞은 지금 웃으며 이웃할 수 있으니 말이다. 참 다행이다.

얼마 전, 서울에 살고 있는 큰딸에게서 전화가 왔다.

"엄마, 우리 위층은 자꾸 뭘 사다 줘요. 시끄러워서 미안하다는데, 나는 바빠서 집에 있는 시간도 없고 답례로 뭘 사다 줄 시간도 없는데 부담스러워 죽겠어요."

예전보다 공동 주거 공간에 대한 예절 의식이 성장한 걸까, 아니면 개인차인 걸까. 궁금하던 차에 우연히 그 가족을 만났다. 엘리베이터를 같이 탔는데, 아래층에서 내리는 나를 보고는 따라 내리며 미안하다는 말을 했다. 네 살짜리 쌍둥이 남자아이들이 있어서 시끄럽다는 것이다.

"염려 말아요, 크는 애들이 있으면 그럴 수 있죠. 우리 애도 바빠서 집에 거의 없으니 괜히 그런 일로 아이들 잡지 마시고요."

바빠서 윗집 얼굴도 못 보는 딸애를 대신해서 내가 안심을 시켰다. 그리고 집을 비운 딸에게 문자를 보냈다. '혹시 쉬는 날, 윗집 아이들 뛰는 소리가 들리면, 저 집 아이들이 건강히 잘 자라고 있는 소리를 함께 듣는구나 생각하고 기뻐하거라.' 하고.

이웃사촌

사람들은 자주 이사를 다닌다.

20년째 한 아파트에서 살면서, 윗집 아랫집이 나고 드는 것을 숱하게 겪는다. 주인만 바뀌는 것이 아니라 아파트 내부까지 탈 바꿈하여 다시 태어나곤 한다.

지난겨울 우리 아래층은 새 주인을 맞이했다.

젊은 부부가 들어오는 모양인데, 집을 완전히 바꾸기로 마음 먹었는지 대대적인 공사를 시작한다. 건물 전체 주민이 소음과 먼지로 불편을 겪는다. 그래도 새 이웃에 대한 설렘과 반가움으로 참아낸다. 불편함도 접어 둔다.

어느 날 공사하는 집 현관문이 삐죽이 열려 있다. 살며시 고 개를 기울여 쳐다보니 "들어와서 편히 보세요!"라며 현관문을 활짝 열어 준다. 인테리어 업체 사장인 듯 보였는데, 이 기회에 실력도 자랑할 겸 인심을 쓰는 것 같다.

5년 전 우리 집도 내부 공사를 한 터라 얼마나 차이가 있을까 궁금했다. 조심스레 거실에 들어섰다가 깜짝 놀라고 말았다. 내부 구조를 완전히 바꾸었는데 흡사 호텔 같다. 같은 동, 같은 평수가 이렇듯 확연하게 다를 수 있다는 사실에 감탄사가 절로 나왔다. 도대체 이런 집에 사는 이웃은 누구일까? 예쁜 집을 짓고 둥지를 트는 새 이웃이 내심 기다려진다.

한 달 가량 뚝딱거리던 그 집에 마침내 새로운 주인이 이사를 온다. 옛날에는 이사하면 시루떡을 해서 이웃에 돌렸다. 떡을 받은 집에서는 성냥으로 답례하던 시절도 있었다. 먹을 것, 쓸 것이 부족하던 그 시절은 이미 오래 전에 지나갔으니, 아랫집 사람들도 그저 오가며 얼굴을 익히면 되겠지 느긋하게 생각한다.

늦은 저녁이다. 벨 소리가 나서 문을 열었더니 젊은 부부가 유치원생 아이와 함께 대뜸 케이크 상자를 내민다.

"안녕하세요? 저희는 오늘 2층에 이사 온 사람이에요. 앞으로 잘 부탁드립니다."

요즘 사람 같지 않게 깍듯이 예의를 갖춘다. 그 젊은 부부의 마음도 기특했지만 예의 바른 이웃을 만난 게 무엇보다 기쁘다. 얼른 예쁜 화분을 주문해 '이웃사촌이 되어 줘서 고마워요.' 라는 리본을 달아 선물한다. 젊은 사람들이 인사성 밝고 예의가 반듯해 놀랍다는 칭찬도 한다. 어린아이가 있으니 어느 정도 소음은 감수해야지 마음을 먹었는데, 그 집은 참으로 조용하고 점잖다. 이웃 운이 좋구나 생각하니 내심 이사 온 이웃에게 고마운 마음이 든다.

어느 날 새벽이다.

6시경 초인종이 요란히 울린다. 누군가 집을 잘못 찾아왔겠지 싶어 대응을 하지 않는다. 잠시 후에 다시 초인종이 울리고, 기척이 없으니 곧 숨이 넘어갈 듯 연속해서 벨을 누른다. 도대체 누구시냐고 물으니, 젊은 남자가 분노에 가득차 소리를 지른다.

"아랫집입니다! 시끄러워서 도저히 잠을 잘 수가 없어요! 당장 문 좀 열어요!"

순간 덜컥 겁이 난다. 우리 아래층은 이른 시간에 남의 집 초인종을 누를 만큼 예의 없는 사람이 아니다. 분명 누군가가 집을 잘못 찾아왔거나, 아니면 정신이상자일 거라는 생각이 든다. 남편에게 절대 문 열어 주지 말라 하고, 나름대로 항변을 한다.

"아니, 왜 그러세요? 무슨 시끄러운 소리가 난다고 그래요. 우리 집에는 애기들도 없고 노인네 둘이 사니 시끄러운 소리가 날 리가 없어요."

그런데도 밖의 남자는 막무가내로 현관문을 두드리면서 빨리 열라고 독촉을 한다. 점점 더 무서움이 엄습해 온다. 현관문을 여는 순간 확 달려들어 소동이라도 일으킬 것만 같다.

한참 실랑이를 하던 문 밖의 남자가 돌아가고 소리가 멈춘다.

실랑이가 끝났는데도 여전히 불안하다. 이른 아침부터 무엇에 한 대 얻어맞은 느낌이라고나 할까. 도대체 누가, 왜, 그런 무례한 짓을 한 걸까?

아무리 생각해도 아랫집 사람들은 아닌 것 같다. 이사 올 때의 모습을 보더라도 그런 무례한 행동을 할 사람들은 아니다. 혹시라도 정말 아랫집 아이 아빠라면 무엇인가 큰 착오가 있을 터였다. 고민 끝에 아랫집에 인터폰을 한다.

"혹시 오늘 아침 6시에 그 집 아저씨가 우리 집 초인종을 눌렀나요?"

조심스레 물으면서도 아니라는 대답을 내심 기다린다. 의외로 아랫집 아이 엄마는 "이른 새벽부터 그렇게 말렸는데 기어이 올라갔네요."라고 대답한다.

"아이 엄마, 우리 집에는 애도 없고 노인 둘이 살아요. 그 시간이면 우리는 막 일어나려던 참이라 걸어 다니지도 않는 시간인데, 무언가 착오가 있었나 보네요."

가까스로 오해를 풀었지만 무언가 석연찮은 구석이 있다. 서로 좋은 말로 마무리했지만 그 소음은 어디서 왔으며 앞으로 그런 일이 또 있으면 어떡하나 걱정도 된다.

이런저런 걱정으로 하루가 저문다. 9시경 아랫집 세 가족이 다시 올라온다. 문을 열자 아랫집 아이 아빠는 죄인처럼 고개를 숙이고 연신 사과를 한다.

"죄송합니다. 정말로 죄송합니다. 제가 오늘 아침 너무 경솔한 행동을 했습니다."

후에 들으니 외과의사인 아래층 아이 아빠는 수술을 앞두고 신경이 예민했는데, 밤새도록 쿵쾅거리고 뛰는 소리에 잠을 한숨도 자지 못했단다. 이어폰도 껴 보고 약을 먹어가면서 잠을 청했지만 그럴수록 잡념이 늘어나 꼬박 밤을 새웠다. 그래서 뛰어올라 왔다고 한다. 충분히 이해할 수 있는 상황이라 고개를 끄덕인다. 우리도 젊은 시절 겪었던 일이고 아랫집도 직업상의 어려움이 있을 것 같다. 다만 우리 집 소음이 아닌데 겪은 일이라 당혹스러울 뿐이다.

괜찮으니 걱정 말라 하고 현관문을 닫으려는데, 아이 아빠가 작은 봉투를 내민다. "코로나 마스크 구하시기 힘들 것 같아 몇 장 갖고 왔습니다. 정말 죄송합니다." 의료진도 구하기 힘들어 걱정한다는 마스크 꾸러미를 보니 아침 일에 대해 얼마나 미안해 하는지 그 마음을 알 것 같다. 정갈하고 예의 바른 이 가족은 본인들의 실수에 대해 많이 당혹스러웠을 것이다.

진심으로 사과할 줄 아는 그 마음을 보니 또 이런 예민한 상황이 벌어지더라도 보듬어 주어야겠다는 생각이 든다. 가족의 허물을 보듬듯이 이웃의 실수를 덮어줄 때, 진정한 이웃사촌이 되는 것 아닐까.

포기하지 마세요

날씨가 추워지기 시작한다.

아파트 화단에 나와 있던 화분들이 하나둘씩 집으로 들어간다. 우거진 나무 때문에 아파트 저층은 햇볕이 잘 들지 않는다. 베란다에서 햇볕을 받지 못하던 화분들은 새봄이 되면 하나둘 아파트 화단으로 여행을 나온다. 봄, 여름, 가을, 세 계절을 화단에서 보내고 겨울이 되면 각자의 베란다 고향으로 되돌아간다. 올겨울도 변함없이, 아파트 정원에 나와 있던 화분들이 주인의 손에 이끌려 집으로 돌아간다.

작년 이맘때 화단에 나와 있던 화분 중에는 이름 모를 분재도 있었다. 4층 O호라는 이름표가 달린 분재 화분은 청록색이었는데 어딘지 도도해 보였다. 그 화분이 내 눈길을 끌었다. 지나가던 사람들도 발걸음을 멈추고 서서 한참동안 바라보곤 했다.

어느 늦가을 날, 갑자기 눈발이 날렸다. 예고 없이 들이닥친

영하의 추위에 아파트 정원 화분들이 급하게 집으로 돌아갔다. 도도한 그 청록색 화분만 덩그러니 혼자 남아 추위를 견디고 있었다. 날이 갈수록 바람은 점점 더 매서워지고, 날리는 눈발에 분재의 초록 잎은 생기를 잃어 갔다. 찬 서리와 싸락눈에 지칠 대로 지친 그 모습은 바라보는 내 마음을 안타깝게 했다.

며칠 지켜보다가 4층으로 인터폰을 했다. 주인은 베란다가 복잡해서 안 가져간단다. 내가 키워도 되냐고 물었더니 알아서 하란다. '어머, 이게 웬 횡재야!' 쾌재를 부르며 화분을 정성스레 안고 올라왔다. 물을 주었다. 우리 집에 온 것을 환영한다는 말도 했다.

꽁꽁 언 나뭇잎을 조심스레 떼어 내다가 소스라치게 놀라 기절할 뻔했다. 공장에서 구슬을 박아 놓은 것처럼 벌레 알이 잎사귀 밑에 빼곡히, 다닥다닥 붙어 있었다. 순간 마음이 복잡했다.

'그랬구나, 벌레 알 때문에 안 가져갔구나. 그러면 진작 벌레 알이 있다고 말하지…'

겁 나고 징그러웠다. 있던 자리에 다시 내려다 놓고 싶은 심정이었다.

한참을 궁리한 끝에 벌레 알에 에프킬라를 뿌려 놓기로 했다. 무슨 화풀이라도 하듯 사정없이 에프킬라를 뿌려 댔다. 알을 죽이기 위해서였는데, 그게 실수라는 걸 깨달은 건 며칠이 지나서다. 벌레 알은 그대로인데 나뭇잎이 말라 죽었다. 마른 나뭇잎이 떨어지고 나니 벌레 알이 더욱 흉물스러웠다. 어쩔 수 없이 버릴 수밖에 없었다.

화분 버리기를 차일피일 미루는 사이 새봄이 왔다. 봄맞이 청소를 위해 베란다 창문을 열었다. 그리고 또 한 번 깜짝 놀랐다. 버리려던, 그 청록색 화분의 메마른 가지에서 연녹색 어린잎이 수줍게 돋아나고 있었다. 순간 나도 모르게 환호성이 나왔다.

"어머, 네가 살아 있었구나! 말라 죽은 줄 알고 물도 한 번 안 주었는데, 미안하다. 그리고 살아 주어서 고맙다!"

겨우내 차디찬 베란다 한쪽 구석에서 얼마나 목마르고 숨이 막혔을까? 몇 달을 물 한 번 주지 않았는데 이렇게 자력으로 자신의 생명을 지키고 있었다니…. 살충제 독성으로 잎은 떨어졌지만 화분 속 뿌리는 살아 있었나 보다.

"꽃나무야 고맙다. 이렇게 예쁜 새순이 돋아서. 앞으로는 내가 정성껏 잘 보살펴 줄게."

아침마다 눈을 뜨면 제일 먼저 이름 모를 꽃나무와 인사를 나누고 하루를 시작한다.

벌레 알 때문에 주인에게 버림받고 엄동설한에 얼어 죽을 뻔했던 그 꽃나무는 내 정성에 보답이라도 하듯, 지난 여름에는 이팝꽃처럼 하얀 꽃을 피워 주변을 환히 밝혔다. 꽃이 지자 가지에 빨간 열매가 대롱대롱 매달렸다.

멋지고 아름답게, 우리 집 베란다에 자리잡은 청록색화분을 보며 생각한다. 벌레 알보다 먼저 그 아름다움을 보아서 다행이고, 포기하지 않아서 다행이다. 세상의 어두운 면 때문에 아름다움을 놓쳐서는 안 된다. 사랑을 포기해서는 안 된다. 아름다운 꽃나무가 내게 그렇게 가르쳐 준다.

오늘은 꽃나무의 이름을 지어 내 마음의 족보에 올려야겠다.

울타리 전시회

우리 아파트 단지 안에 있는 유치원은 해마다, 오색찬란한 단풍이 물들 즈음 '울타리 전시회'를 한다.

고사리손으로 쓰고 그린 그림들이 제각기 개성을 뽐내며 나비처럼 울타리에 매달려 있다. 지나는 사람들은 으레 발길을 멈추고 6~7세 어린 아이들의 앙증맞은 상상의 세계를 감상한다. 응석만 부릴 줄 안다고 생각했는데 어른은 생각지 못하는 많은 것을 상상으로 펼쳐 내는 게 놀랍기만 하다.

아이들의 세상에 이끌려 한참을 서서 감상하다가 이상한 걸 발견한다. 아이 솜씨가 아닌 엄마 솜씨. 옥에 티가 바로 저런 것이구나 생각하며 옆에서 열심히 주변을 정리하는 교사에게 말을 건넸다. "엄마의 정성이 지나쳐서 몇 점은 엄마가 도와주었나 봐요. 내가 보기에는 어린아이들의 순수한 그림과 글이 훨씬 좋아 보이네요." 했다. 그 교사도 동감이란다. 사실이 그랬다. 어린 아기들의 그림 속에 유난히 돋보이는 그림들은 마치 물과 융

합되지 않는 기름 같았다.

가을 햇살을 받으며 울타리에 걸려 있는 그림들을 보니, 문득 막내딸 어린 시절이 생각난다. 항상 밝고 상냥한 막내딸은 주변 사람들에게 많은 사랑을 받았다. 인사성이 얼마나 밝은지 하루에 열 번 만나면 열 번을 다 인사한다며 칭찬을 아끼지 않았다. 공부도 잘하고 책임감이 강해 주어진 숙제나 과제물도 빠트리지 않고 잘해 갔지만, 상을 타는 것과는 거리가 멀었다.

막내딸은 다른 친구들이 상 타는 것을 내심 부러워하고 속상해했다. 그때는 방학 과제물을 잘하면 과제물 상도 주고, 5월 어린이날 행사에서 글짓기나 그림 그리기 상을 주는 경우도 종종 있었다. 막내는 상복이 없는지 항상 상에서 제외되었다. 때마침 학교에서 상담이 있어 갔다가 담임선생님께 말씀드리니, "물론 성실해서 공부도 잘하고 숙제도 빼놓지 않고 잘해 오는 것은 알아요. 그렇지만 다른 엄마들이 워낙 정성 들여 숙제를 해 보내기 때문에 엄마들의 정성을 외면할 수가 없어요."라고 하셨다. 매우 충격적인 답변이었다.

엄마들이 자녀를 대신해서 글을 써 주고 그림을 그려 주고 공작물을 만들어 주는 정성이 왜 대단한 것일까. 오히려 어른 도움 없이 스스로 숙제를 해 오는 어린아이의 자립심을 칭찬해야 하는 것이 아닐까. 선생님 뜻이 그러하다니 알았다며 돌아섰지만, 씁쓸한 마음은 지금도 남아 있다.

아이 이름을 달고 나온 엄마 작품도 그 정성을 외면할 수 없어서 걸어 놓은 것일까. 아이 스스로 하는 힘을 기르도록 북돋아 주고 격려해 주면 안 되는 걸까?

바람이 불자 고사리손이 빚은 울타리작품 위에 가로수 단풍이 우수수 내려앉는다. 오색 단풍 사이로 내려다 보이는 놀이터에는 어린 천사들이 신나게 뛰어논다. 그 머리 위로 가을 햇살이 따사롭게 쏟아진다.

내년 가을에도 어김없이 우리 아파트 단지 유치원에서는 울타리전시회를 할 것이다. 해맑은 어린아이들이 보석 같은 눈으로 그려 낸, 하늘을 나는 비행기와 나무가 춤추는 산 그림이 걸리고, 엄마 아빠의 모습을 그려 놓고 꼬불꼬불 써 내려간 '엄마 아빠 사랑해요' 라는 글귀도 걸릴 것이다.

내년 울타리 전시회에는 엄마의 손길이 닿지 않은 순수한 그림과 글이 전시되기를 기대해 본다.

알밤 타다

오전 아홉 시 정각, 불꽃 튀는 전쟁이 시작된다.
컴퓨터의 커서가 왜 이렇게 움직이지 않을까.
잘 보이던 컴퓨터의 글자는 왜 보이지 않지.
자판기 위의 열 손가락은 왜 자꾸 방황할까.
마음은 급하고 시간은 초를 다투는데
손끝은 엉뚱한 곳에서 헤매고
자음, 모음은 길을 잃고 갈팡질팡한다.
겨우 도달한 곳은 예비 1번!
허전함과 허탈함이 밀물처럼 밀려오는데
은옥 씨의 전화 한 통이 내 가슴을 쓸어내린다.
"언니 걱정하지 마세요. 같은 이름으로 두 번 등록한
사람이 있으니 예비는 면했어요."

휴우우……

긴 한숨을 내쉴 때 아차! 시골에서 오빠가 보내온
알밤 타는 냄새가 온 집 안을 날아다닌다.
주민 센터 운동반 접수에서 누락되 타들어 가던
내 마음을 대신해 토실토실 알밤이 숯덩이가 되었다.

PART 5

주름은 이야기 보따리

슬픈 노래가 좋다

나는 슬픈 노래가 좋다.

어린 시절부터 힘들고 어려울 때면 '섬집아기(한인현 작사, 이
흥렬 작곡)' 와 '기러기(윤석중 작사, 포스터 작곡)' 를 흥얼거린
다. 고독을 좋아하기 때문일까. 고독하면 외로움이 쌓여 우울증
이 온다고 하는데 나는 기쁠 때보다 슬플 때, 가슴이 메어지도
록 답답할 때 가슴속 밑바닥에서부터 흥얼흥얼 노래가 나온다.
남편과 의견이 맞지 않아 티격태격할 때도 맞서 대응하기보다는
혼자서 '섬집아기' 와 '기러기' 를 흥얼거리곤 한다. 그러다 보면
노래는 눈물이 되어 쏟아져 내린다.

어린 시절의 일이다. 비가 죽죽 내리는 날이었는데 우산도 쓰
지 않은 채 영화 속 실연당한 여자처럼 비를 흠뻑 맞고 헤매 다
녔다. '감기 걸려야! 어여 들어와!' 엄마의 외침도 등지고 나섰다.
가랑비가 아닌 소나기였다. 목놓아 우는 소리도 삼켜 버릴 세찬

빗줄기였다. '아버지 우리는 어쩌라고 일찍 가셨나요. 하곳길 마을 어귀에서 모꼬지하자는 동무들을 모른 척 동생을 돌보러 집에 오는 길이 얼마나 쓸쓸한지 아시나요?' 굵은 빗줄기에 묻혀도 차마 입 밖에 내지 못하는 원망을 하염없이 울음에 노랫말을 섞어 흥얼거리며 풀었다.

   엄마가 섬 그늘에 굴 따러 가면/아기가 혼자 남아 집을 보다가/
   바다가 불러주는 자장 노래에/팔 베고 스르르 잠이 듭니다.

   비 오는 날의 슬픈 노래는 나를 위로하는 안식처였는지도 모른다.
   날씨가 좋은 날에는 언제나 엄마는 들로 산으로 일하러 가셨다. 나는 동생을 돌보며 하루 종일 집에 있어야 했다. 다른 친구들은 고무줄놀이, 공기놀이를 하며 놀았지만 나는 친구들과 어울릴 수가 없었다. 비가 와서 엄마가 일을 못 나가야만 내게 자유로운 시간이 주어졌다.
   나는 우산도 쓰지 않고 빗속을 헤매고 다녔다. 쓰려고 해도 우산이 없었다. 목자놀이도 하고, 자치기도 하고 싶었지만 놀아줄 친구가 아무도 없었다. 비 오는 날엔 친구들이 집 밖으로 나오지 않았다. 그래서 혼자 비를 맞으며 거리를 활보하고, 싸리나무 사립문에 고무줄을 묶고 혼자 고무줄놀이를 했다. 천둥번개라도 치면 하늘나라 가신 아버지가 내려오실지도 모른다는 막연한 기대에 설레기도 했다. 그럴 때 나는 또 '섬집아기'를 불렀다.

행여나 아기가 깰세라 다 못 찬 굴 바구니를 머리에 이고 모래 위를 숨이 차도록 달려오는 엄마의 간절한 노랫말처럼, 일하러 나갔던 엄마는 비가 내리면 정신없이 집으로 달려오셨다. 머리에 무거운 다발나무를 이고 비탈진 산길을 내려오다가 미끄러져 발목을 다치기도 하셨다. 놀란 나는 빗속을 헤집고 가서 앞 논두렁에 돋아난 쑥을 뜯어다 짓이겨 엄마의 다친 발목에 붙여 드렸다.

가슴속 어딘가에 어린 날의 추억이 숨어 산다. 비 오는 날엔 비가 가져다 주던, 외롭고 고독한 슬픈 자유가 슬며시 고개를 쳐든다. 베란다 창 앞에 서서 빗줄기를 세고 있으면 또 어김없이 '섬집아기'란 노래와 함께 우산도 없이 마구 뛰어 다니던 어린 시절 기억들이, 나 혼자만 볼 수 있는 영화의 한 장면이 되어 눈앞을 스치고 지나간다.

손녀딸이 아직 어렸을 때, 잠을 재우려고 팔베개를 해 주고 자장가 대신 '섬집아기'를 불렀다. 어느 날 손녀딸이 "할머니, 그 노래는 싫어요." 했다. 왜냐고 묻자 "할머니, 그 노래는 너무 슬프잖아요."

아, 그렇구나. 이 노래가 슬픈 노래구나. 나는 슬퍼서 참으로 좋은데….

지금도 힘이 들고 어려움이 닥치면 나도 모르게 '섬집아기'를 흥얼거리지만, 십여 년 전 남편이 사형선고와도 같은 대장암 4기, 시한부 선고를 받은 날부터 '기러기' 노래를 즐겨 부르게 되었다.

처자식 먹여 살리기 위해 평생 고생한 남편이 퇴직하여 이제 좀 편히 쉬려나 했을 때였다. 암이라는 청천벽력 같은 불청객이 침범하여 꼼짝 못하게 옭아맸다. 그때 목울대를 타고 나오는 노래가 바로 이 노래였다.

달 밝은 가을밤에 기러기들이/찬 서리 맞으면서 어디로들 가나요./ 고단한 날개 쉬어 가라고/갈대들이 손을 저어 기러기를 부르네.

철이 바뀌면 기러기들이 다시 우리 땅을 찾아오듯 남편의 건강도 철새처럼 다시 찾아왔다. 생과 사의 기로에서 두려움과 외로움에 벌벌 떨며 그 먼 길을 오락가락할 때의 애달픈 심정을 어찌 다 감당하며 여기까지 왔을까. 모든 걸 극복하고 현실의 삶에 충실하고 있는 남편이 무척이나 고맙고 애틋하다. 힘든 과정을 극복하고 나니 오늘과 같은 기쁜 날이 있는 것을.

누군가에겐 슬프기만 한 노래가 내게는, 무거운 현실을 짊어지고 춤추듯 인생의 고개를 넘을 수 있는 힘이 되어 주었다. 한 음정, 한 박자 어느 것 하나 가벼운 걸음은 없지만, 나는 추어 내고 있다. 내게 주어진 인생의 춤을.

주름은 이야기보따리

초빙을 받아 막내딸 가족이 외국으로 나가게 되었다.

공항에 배웅을 나가니 손녀가 할머니도 같이 가자고 조른다. 다음에 가겠다고 했더니 초롱초롱하던 눈에 금세 눈물이 가득 고인다.

"할머니 열 밤 자고 갈게. 엄마, 아빠랑 먼저 가 있어. 할머니는 영어 공부 좀 하고 갈게."

품에 안겨 떨어지지 않으려는 손녀에게 거짓 약속을 하고 만다. 눈물 콧물로 범벅이 된 손녀를 간신히 달래 입국 심사장으로 들여보내고 나니 내 눈에서도 눈물이 쏟아진다.

열 밤의 약속은 거의 반년이나 지난 후에야 지켜졌다.

다섯 살이었으니 열 밤이 얼마의 시간인지도 모르고 고사리 같은 손을 수없이 쥐었다 폈을 게다. 간혹 화상통화를 했는데 "할머니 보고 싶어요. 언제 와요? 여기서는 내가 한국말 제일 잘

해요. 여기 친구들 한국말 못해요."라며 으스대었다. 그 모습에 한바탕 웃었다. 열 밤 자고 간다는 할머니의 약속은 잊은 것 같아 다행스러웠다.

결혼해 첫 아이를 낳았을 때, 예방 접종을 할 시기가 되면 대전에 계시는 시어머니가 어김없이 올라오셨다. 손녀딸을 손수 안고 병원에 가서 예방 주사를 맞히셨다. 막내며느리가 어설퍼 보였는지, 손수 목욕도 시키고 아이 다루는 자세도 알려 주셨다. 대전과 서울을 이웃집 드나들 듯 자주 오셨다.

할머니가 가시는 날이면 딸아이가 울고불고 매달렸다. 손녀딸을 차마 뿌리치지 못해서 일정을 연기하고 하룻밤 더 주무신 적도 있다. 그럴 때마다 이런저런 이야기로 한참 아이를 설득시킨 후에 내려가셨다. '절대 아이들에게 거짓말을 하지 마라. 어른들은 사정에 따라서 일이 어긋날 수도 있다는 걸 이해하지만, 어린 아이들은 이해하지 못하고 배신당했다고 느낀다. 선의의 거짓말이라도 하지 말거라'는 것이 어머님의 당부셨다.

그 말씀을 교훈 삼아 삼 남매를 키우면서 항상 이해시키려고 노력했다. 하지만 외국으로 떠나는 손녀딸에게는 결국 선의의 거짓말을 하고 말았다.

6개월 만에 찾아가는 마음이 어찌나 무겁던지, 아이에게 할머니의 방문이 즐거운 기억이 되도록 이것저것 준비했다. 외국에서 못 먹을 마른 음식, 한글 책, 예쁜 옷, 각종 선물 들이 커다란 수화물 대여섯 개나 되었다. 며칠 방문이 아니라 꼭 이민 가는 사람의 짐 같았다.

손녀를 만나 제일 먼저, 준비해 간 떡으로 떡국을 끓인다. 떡국을 식탁 앞에 놓고 이렇게 말한다.

"이건 떡국인데, 이걸 먹으면 나이가 한 살 더 늘어나는 거야. 서연이가 이걸 먹으면 이제 여섯 살이 되겠네."

손녀는 떡국을 아주 맛있게 먹더니 환하게 웃는다. 여섯 살이 되면 유치원에서 언니가 된다고 무척 좋아한다.

맛있게 먹는 모습이 기뻐서 며칠 후 떡국을 또 끓인다. 그런데 이번에는 안 먹겠단다. "서연아, 왜 안 먹어? 너 떡국 잘 먹어서 할머니가 또 끓였는데" 하니 의외의 대답을 한다. "나이 먹기 싫어서요. 나이 먹으면 할머니 얼굴처럼 줄 생기게 될까 봐요."

세상에나! 저 어린 것의 눈에도 할머니의 주름진 얼굴이 흉하고 보기 싫었나 보다. 그러면서도 할머니에게 안겨 재잘거리며 재롱 부리는 것을 보니, 주름은 싫어도 할머니 품은 좋은가 보다.

손녀딸이 태어나기 전에 피부과를 방문한 적이 있다. 눈가 주름을 어떻게 해 볼 양이었다. 마음씨 정직한 피부과 의사는 얼굴을 이리저리 살피더니 아무 처치도 해주지 않았다.

"눈가의 주름은 웃음으로 생긴 것이니 흉하지 않습니다. 신경 쓰지 말고 사세요. 거기다가 보톡스 같은 것을 넣으면 표정이 굳어서 보기 싫어요."

양심적인 의견에 나도 저항 없이 발길을 돌렸다. 집에 와서 딸들에게 이야기하니 우리 딸들 역시 주름살은 자연과 세월이 준 훈장이라며 핀잔을 주었다.

어릴 적 나는 항상 웃고 다녔다. 두메산골에서 무엇이 그리 즐거워 웃고 다녔는지 모르겠지만, 주변에서 "너는 뭐가 그렇게 좋아서 항상 웃고 다니나?" 할 정도였다. 결혼하고, 살림 꾸리기가 편하지만은 않았지만 아이들 커 가는 모습에 하루도 웃지 않은 날이 없다. 방긋방긋 웃는 모습에 같이 웃고, 큰 아이와 작은 아이가 막내를 돌보는 모습이 귀여워 웃었다. 줄레줄레 뒤쫓는 동네 강아지에게 쫓아오지 말라며, 무릎을 꿇고 싹싹 빌던 큰 아이의 모습은 지금도 혼자 함박웃음을 짓게 한다. 세월 속에 자취를 감춘 그런 순간들이 내 얼굴에 깊은 골로 남았나 보다.

다음번 손녀를 만날 때는 더 늘어나 있을 주름살이 은근히 걱정된다. 한 살 더 먹으면 할머니의 노화에 대해서 이해할 수 있을까? 내 얼굴을 유심히 살피다가 앙증맞은 두 손으로 주름을 펴려 안간힘을 쓰던 모습이 떠오른다. 할아버지에게 "할아버지 졸려요? 할아버지 눈은 왜 맨날 졸리는 것 같아요?" 하던 모습도 생각이 난다.

　주름을 없앨 수는 없겠지만, 주름에 숨은 이야기를 하나씩 준비해야겠다. 할머니 두메산골 이야기, 보릿고개 넘어도 웃을 수 있던 날들의 이야기, 제 엄마가 어릴 적 재롱부리던 이야기, 손녀가 태어나던 날의 이야기까지, '할머니 주름은 이야기보따리' 라는 생각을 심어 줘야겠다. 손녀가 내 나이가 되었을 때는 자신의 주름을 사랑할 수 있도록.

하늘의 불꽃놀이

송도에 사는 막내딸, 퇴근이 늦는단다.

어린이집에서 아이가 돌아오면 좀 받아 달라기에 분주히 딸네로 향한다. 천둥 번개가 치고 검은 구름이 하늘을 시커멓게 뒤덮는다. 오가는 사람들도 무서워 발걸음이 묶일 만큼, 날씨가 요동을 친다.

36층 딸네 아파트 베란다 창틀은 마치 요술을 부리듯, 덜커덩거리면서도 힘찬 빗줄기를 막아 낸다. 쉴 새 없이 번쩍거리는 번개와 으르렁거리는 천둥소리에 70년 가까이 살아온 내 심장도 벌렁거린다.

다섯 살 손녀딸은 얼마나 무서울까 싶어 돌아보니, 오히려 태연하다. 창가에 서서 신기하다는 듯 요란한 하늘을 지켜보고 있다. 그러더니 "할머니, 하늘이 불꽃놀이 하고 있나 봐요. 그런데 하늘은 왜 비하고 같이 불꽃놀이를 하지? 현대아울렛에서 불꽃놀이 할 때는 하늘에서 하는 것 보다 훨씬 예쁘고 물도 뿌리지 않았어요." 한다.

폭탄이 떨어지는 것 같은 천둥소리와 번쩍이는 불빛이 무섭다고 내 치마폭에 숨을 줄 알았다. 그런데 의외로 하늘이 불꽃놀이를 한다며, 전혀 생각지도 못한 표현을 한다. 때 묻지 않은 손녀의 천사 같은 마음에 깜짝 놀란다.

어릴 적 나는 천둥 번개가 무서웠다. 어른들은 세뇌를 시키듯, '천둥 번개는 죄를 많이 지은 사람에게 벼락을 친다.' 또는 '음식을 아끼지 않고 함부로 버리면 하늘이 노해서 천둥 번개로 벌을 주는데, 그 벌이 바로 벼락이다.'고 했다. 그래서 설거지 구정물을 버릴 때 밥알 하나라도 흘려 버리면 큰일나는 줄 알았다.

천둥 번개가 치는 날이면 수챗구멍에 흘린 밥알이 생각나서 은근히 걱정될 때도 있었다. 방문을 꼭꼭 걸어 잠그고 이불 속에 숨어 있으면, 내가 태어나던 해 시작됐던 6.25 전쟁 이야기도 기억났다. 두려움으로 오금이 저리고 심장이 멎는 듯했다. 전쟁을 뼈저리게 겪어 본 사람만이 아는 두려움이다.

손녀딸은 채 네 돌도 되지 않았다. 그런 전쟁 같은 이야기는 들어 본 적이 없다. 먹을 것이 귀해서 밥알 하나도 아껴야 하는, 그런 환경도, 교육도 겪지 않고 자란다. 손녀가 만나 본 불빛은 전쟁이 아닌 축제의 불빛이다. 손녀의 밥상은 늘 빛 고운 반찬에 고기와 함께 놓인 기름진 음식들이다.

두 세대를 채 지나지 않아, 공포와 가난의 자리는 풍요와 평화로 바뀌었다. 그 사실에 마음이 벅차오른다. 평화와 풍요 속에 자란 아기의 가슴에서 우러나온 생각이 예쁘고 가상해서 나는 손녀딸을 으스러지게 끌어 안는다.

"그러게 왜 하늘은 불꽃놀이를 비하고 같이 할까?"

우루루 쾅쾅거리며 번갯불이 요동치는 모습을 보고 하늘의 불꽃놀이라고 표현하는 다섯 살짜리의 순진한 마음이 반짝이는 별빛보다 아름답다.

놀자

지난 추석은 황금연휴였다.

십여 일이나 되는 긴 휴일을 잘 놀기 위해 많은 사람들이 길을 떠났다. 인천공항에는 미지의 나라로 떠나려는 사람들로 북새통이고, 고속도로는 주차장을 방불케 할 정도로 자동차가 즐비하게 늘어서 있다. 모두들 놀기 위함이다.

큰딸 가족은 함께 서유럽으로 떠나길 희망했지만, 십여 일의 귀한 시간을 나 자신에게 쓰기 위해서 사양했다. 혼자서 놀 수 있는 시간이 있다는 것에 콧노래가 나왔다. 첫날부터 계획표를 짜서 컴퓨터에 저장해 놓았다. '아! 이것이 바로 나를 위한 황금의 시간이구나!' 환호성이 나왔다.

첫째 날은 장롱 속 깊숙이 넣어 둔 어린 시절 일기장과 학창시절의 흔적을 들춰 보았다. 무슨 귀한 보물이라고 이것들을 꽁꽁 싸매 보관했을까, 저절로 웃음이 났다.

누렇게 색 바랜 공책 속에 삐뚤빼뚤 써 내려간 일기장, 상장과 통지표들이 반갑게 뛰어 나와 함께 놀자고 한다. 통지표 가정란을 보니 '학업성적 우수하고 타 아동의 모범이 되나 소극적인 성격임' 또는 '타 아동이 싫어하는 일도 솔선수범하고 있으나 매사에 적극적이지 못함'이라고 적혀 있다. 다른 친구들과 얼마나 어울리지 못하였으면 담임선생님 눈에 그렇게 보였을까?

음악과 체육은 '우' 이상을 받지 못했던 점도 눈에 띈다. 반장이라서인지 반 친구들이 항상 잘 따라 주었다. 함께 고무줄놀이, 목자놀이, 공기놀이를 하며 잘 어울렸다. 다만 체육시간 피구는 정말 두렵고 무서웠다.

두 편으로 갈라 공을 던져 상대편을 맞추는 그 게임을 할 때는 이리저리 피해 다녔다. 다른 친구들은 날아오는 공을 받았다가 도로 던져서 상대방을 맞히려고 노력하는데 나는 필사적으로 피해 다녔다. 그것만으로도 힘에 부쳤다. 피하다 보면 나도 모르게 요령이 붙어 끝까지 살아남기는 했다. 그래도 마지막에는 날아오는 공을 피하지 못하고 한 방에 맥없이 쓰러졌다. 쓰러지면서 들었던 상대팀의 환호성이 귓전에 생생하다. 우리 팀 공격을 돕지 못하고 혼자만 공을 피해 다니던 모습이 겁 많은 못난이처럼 느껴졌다. 그래도 같은 팀 친구들은 잘 버텼다며 따뜻이 응원해 주었다.

지금 생각하면, 그때 소극적인 성격은 타고난 것이 아니라 엄마의 훈계에서 싹이 튼 것이 아닐까 싶다. 서른여덟에 혼자된 엄마는 우리 다섯 남매에게 많은 주문을 하셨다. 지금도 가슴에 못박혀 잊히지 않는 말이 "홀애미자식 소리 들으면 안 된다. 매사에 언행을 조심해서 해야 한다."는 것이다. '웃을 때는 이를 드러내지 말고 웃음소리도 입 밖으로 나가지 말아야 한다. 걸음걸이도 쿵쾅거리지 말고 조신하게 걸어라. 늦은 시간 집 밖으로 나가 다니지 말아라. 양친이 살아 계시는 집 아이들의 흉허물은 덮이지만, 엄마처럼 혼자되어 너희들을 키우고 있으면 애비 없는 자식이라 흉본다' 는 말씀들도 잊히지 않는다.

우리 5남매는 엄마 말씀대로 항상 매사에 조심했다. 웃음소리도 입안에서 삼키고, 사람이 많은 곳에서는 의견을 내놓지 않고 그저 묵묵히 듣고만 있었다. 행여 말 한마디라도 잘못하면 우리 엄마가 흉잡힐까 두려웠기 때문이다.

그것이 습관이 되었다. 어린 시절, 들로 산으로 매미채를 갖고 뛰어 다닌 적도 없다. 친구들이 청명한 가을하늘 아래 맴도는 고추잠자리를 쫓아다니거나, 누렇게 익은 황금들판에서 메뚜기를 잡기 위해 삼베주머니를 갖고 논두렁을 휘젓고 다니는 모습을 보며 혼자 방그레 웃곤 했다. 왠지 나는 하면 안 될 것 같은 일이었다. 무엇을 하려고 하면 항상 엄마의 "행동 조심해서 하라"는 말씀이 떠올랐다. 친구들과 어울려 노는 것조차도 조심스러웠다.

그렇게 훈계를 하던 엄마가 이 세상을 떠나신 지도 벌써 25년이라는 세월이 흘렀다. 엄마의 가르침 속에 갇혀 있던 나는 조금씩 틀을 벗어나 성장했다. 엄마가 그립긴 하지만 이젠 나 자신을 위해 남은 시간을 아낌없이 써야 한다는 생각이다.

그동안 하지 못했던 공부도 하고 쓰고 싶었던 글도 쓰고, 하고 싶은 일이 참 많다. 주변 사람들은 무슨 공부냐며 핀잔이지만, 활자의 바다에서 생각을 낚아 그 생각을 글로 다듬어 내놓는 놀이가 정말 즐겁다.

언젠가 손녀딸이 한참 숙제를 하다가 "할머니, 나 20분만 쉬었다가 숙제할게요." 하고 방으로 들어갔다. 인기척이 없기에 잠이 들었나 하고 방문을 살며시 열어 보니 침대 모서리에 앉아서 책을 읽고 있다. "혜리야, 너 쉰다며 왜 책을 읽고 있어? 머리도 눈도 좀 쉬어야 하니까 여기 와서 할머니랑 놀자." 하니 손녀딸이 "할머니, 할머니랑 뭐하고 어떻게 놀아요?" 한다.

그렇다. 요즘 아이들은 노는 것을 모른다. 학교 끝나기가 무섭게 이 학원 저 학원 정신없이 뛰어다니다 보니, 노는 것이 무엇인지도 모른다. 많은 아이들이 휴대폰을 게임하며 노는 기구 중의 하나로 여기는 것도 사실이다. 다행히도 우리 손녀딸은 휴대폰이라는 기계에 빠지지 않고 독서하는 것으로 놀이를 즐기고 있으니 참으로 기특하다.

요즘 아이들은 내 어릴 때와는 또 다른 벽에 눌려 놀이의 무궁무진함을 배우지 못하는 게 아닌가 싶어 걱정이다. 돌아오는 휴일에는 손녀딸 손을 잡고 가을 햇살이 곱게 퍼진 한강로 산책길을 걸어 보아야겠다. 도란도란 이야기도 나누고, 풀잎도 뜯어 반지도 만들어 주어야겠다. 반지에 이름과 사연을 붙여 같이 축하 노래도 부르고 가까운 미래의 약속도 몇 가지 만들어야겠다. 가을바람 부는 강변에서 자연과 하나되어, 놀이가 제한된 손녀에게 자유를 주고 싶다.

손녀야, 이것이 바로 노는 것이란다.

스무 번째 생일

모처럼 소중한 시간이 주어졌다.

24시간을 나 혼자 마음대로 쓸 수 있는 게 얼마나 좋은지…. 너무 소중해서 일 분, 일 초가 새롭다. 마음 밑바닥에서 치밀어 오르는 걷잡을 수 없는 행복을 느낀다. 흐르는 시간을 잡을 수 있다면 항아리 속에 담아 꼭꼭 숨겨 놓고 싶은 심정이다. 잠자는 시간도 아깝고, 밥 먹는 시간도 아깝다.

지금 내게 주어진 십여 일의 여백은, 딸네 가족이 외국에 나가면서 선물로 주고 간 시간이다. 그동안 친정엄마 노릇하느라고 알게 모르게 시간에 얽매여 살았다. 나만의 시간은 꿈도 꿀 수 없었다.

모처럼 내가 세상에서 가장 귀한 손님이라고 자칭하면서, 그동안 아껴 두었던 예쁜 커피 잔에 커피를 따르고 마주 앉는다. 향긋한 커피 향이 온 집 안을 날아다니며 나를 어루만진다.

문득 내 눈길 머문 곳에 가족사진이 있다. 어린 3남매의 초롱

초롱한 눈망울이 금방이라도 사진 속에서 뛰어나올 것만 같다. 사진 속의 아이들과 대화를 나누다 보니 옛일이 아스라이 떠오른다.

딸이 대학에 들어가고 첫 생일을 맞은 날이었다.

그동안은 입시공부에 정신이 없어 생일에 미역국도 한번 제대로 먹이지 못했다. 대학교 입학도 축하하고 생일도 축하해 줄 겸, 딸이 좋아하는 음식으로 상을 차렸다. 참 오랜만에 온 가족이 식탁 앞에 마주 앉았다. 딸이 고등학교에 다닐 때에는 동트기 전 이른 새벽에 학교를 가야 하고, 저녁에도 야간학습 때문에 가족과 함께 식사는커녕 얼굴도 보기 힘들었다.

케이크에 촛불을 켜고 축하 노래가 끝나자 선물을 주었다. 남편은 대학생이 된 기념으로 컴퓨터를, 나는 만년필을 선물했다. 초, 중, 고등학교 12년간 개근하더니 단번에 대학교에 합격했다. 그 기쁨은 이루 말할 수 없었다. 그런 딸에게 컴퓨터와 만년필과 함께 이제는 부모의 울타리가 아닌, 자신의 영역을 키우며 마음껏 비상할 수 있는 기회를 주고 싶었다.

가족들 축하를 받은 딸이 "잠시만 저도 선물 준비했어요." 하더니 "엄마, 아빠 저를 낳아 키워 주시고 공부시켜 주셔서 감사합니다. 오늘은 제가 선물을 받는 것이 아니라 제가 선물을 드려야 하는 날이에요. 그동안 저 뒷바라지하시느라 숨도 제대로 쉬지 못하셨으니 이걸로 엄마 아빠 여행이라도 다녀오세요."라며 봉투를 내놓았다.

봉투 속에는 수표 한 장이 들어있었다. 숫자 1 옆에 나란히 붙어 있는 여섯 개의 동그라미가 내 눈을 의심케 했다. 불과 몇 달 전만 해도 입시공부에 지쳐 기진맥진하더니 어느새 이렇게 큰돈을 모았는지, 기특하고 대견스러웠다. 입시공부 스트레스 때문에 가족들을 힘들게 했었는데, 그걸 알고 있다는 사실에 더욱 감동했다.

우린 가족여행을 떠났다. 12월 싸늘한 날씨에 찬바람을 맞으며 보은 속리산 법주사로 향했다. 온 가족의 행복을 싣고 자동차는 달리고 또 달렸다. 딸애가 준 봉투와는 상관없이, 우리는 딸의 합격으로 하여금 온 세상을 다 얻은 듯 행복했다. 비록 세계 일주는 아니지만 그 이상으로 즐겁고 희망찬 여행이었다.

지금도 그 하얀 봉투를 앨범 속에 잘 보관하고 있다.

아이들 사진첩을 볼 때, 가장 먼저 반겨 주는 것이 딸의 따스한 마음이다. 대학에 가기 위해 잠도 마음 놓고 못 자고 책상 앞에서 꾸벅이며 공부하는 모습이 안쓰러웠다. 대학에 들어가서는 아르바이트를 해 모은 돈을 엄마아빠에게 내놓는 그 기특한 마음이 지금도 자랑스럽고 뿌듯하다.

딸이 고등학교에 다닐 때에는 매일 점심과 저녁, 도시락을 두 개씩 쌌다. 자신의 몸무게보다도 더 무거울 것 같은 책가방을 들고 다니는 것이 안쓰러웠다. 남편은 출근하기 전에 아이를 먼저 학교에 태워다 주었다. 퇴근하고서는 야자 수업이 끝나는 시간에 맞추어 학교로 데리러 갔다. 주말에는 독서실에서 새벽 한 시까지 공부했는데 그 시간에 맞추어 독서실로 데리러 가곤 했다.

아이 하나를 대학에 보내기 위해 온 식구가 정성을 쏟아야 했지만 그래도 그것이 보람이고 즐거움이었다.

대학 입학시험을 치던 날 엄동설한 추위에 시험장 밖에서 보온도시락을 들고 초조하게 기다리던 때가 엊그제 같은데, 벌써 그 딸아이가 엄마가 되어 자신의 딸을 위해 분주히 움직이고 있다. 시대가 변한 만큼 이제는 국내 독서실이 아닌 해외로, 방학이면 미국으로 또는 캐나다로 보내 어린이 프로그램에 참여시킨다. 내 딸에게 내가 정성 들인 것 보다 몇십 배 더 열정을 쏟는다. 정성을 담은 도시락을 싸 주지는 않지만, 그보다 더 힘들고 벅찬 공부를 시키고 있다. 나도 이제 내 딸의 딸을 위해서 바쁘게 움직이고 있다. 덕분에 비행기 타고 캐나다의 토론토, 미국의 캘리포니아, 뉴욕, 시애틀을 다녀왔다.

우리 손녀딸도 나중에 대학생이 되면 그 정성을 느낄 수 있을는지 모르겠다.

앞으로 십여 년 후, 손녀딸도 내 딸이 했듯이 "엄마 아빠 낳아 주시고 키워 주서서 감사합니다." 그런 말을 할 수 있으면 좋겠다. 비록 봉투는 아니더라도 예쁜 카드에 정성스레 쓴 편지와 함께 부모에 대한 고마움을 전할 수 있기를 기대해 본다.

　오늘 나에게 주어진 하루가 많은 것을 회상하게 한다. 지금도 하얀 봉투를 내밀며 "낳아 주시고 지금까지 잘 키워 주셔서 감사합니다." 라고 말하던 딸아이의 스무 번째 생일이 잊히지 않는다.

우린 가족여행을 떠났다.
12월 싸늘한 날씨에 찬바람을 맞으며
본은 속리산 법주사로 향했다.
온 가족의 행복을 싣고
자동차는 달리고 또 달렸다.

큰딸 대학 합격 후,
어머니를 모시고
속리산에서

소라껍질

얼마 전 제주도에 폭설이 내려 많은 사람이 본의 아니게 노숙자 생활을 하는 장면이 언론에 보도되었다. 제주공항이 생긴 이래 처음으로 비행기가 이착륙하지 못하는 이변이 일어났다고 한다. 바쁜 일상 중에 모처럼 시간을 내어 떠난 여행일 텐데, 생각지 못한 기상 상황에 당황한 사람들을 보니 38년 전 제주도로 여행 갔던 일이 생각난다.

남편 휴가에 맞춰 온 가족이 난생 처음 비행기를 타고 제주도 땅을 밟았다. 제주공항에 내려 생소한 모양의 가로수들을 보았을 때는 여기가 우리나라가 맞나 싶었다. 에메랄드빛 바다와 맞닿은 하늘도 환상적이었다. 끝없이 펼쳐진 백사장의 모래가 햇볕에 눈부시게 반짝였다. 다이아몬드가 숨어서 숨을 쉬고 있는 것 같았다.

제주도 여행도 처음이고 어린아이들도 있어서 우리 가족은 택시를 이용했다. 당시 우리를 태워 준 택시 기사는, 큰 감귤농장을 갖고 있는데 취미로 제주 관광안내 개인택시를 운행하고 있다며 은근슬쩍 자신의 부를 과시했다. 그 자신감만큼 가이드도 잘했다. 가는 곳곳마다 자세한 설명도 해 주고, 차를 세우고 걸어가야 할 곳에서는 지름길로 안내했다. 제주도 토박이만이 가능한 일이라는 걸 재차 강조하며 의기양양했다. 산굼부리를 올라갈 때는 더위와 피로에 지친 세 살짜리 막내딸을 안고, 그 정도 험한 길은 아무것도 아니라는 듯이 성큼성큼 앞장서서 걸었다.

해안선을 따라가다가 용바위 앞에 차를 주차해 놓고 우리에게 사진 찍기를 권유했다. 셔터를 눌러 주는 수고를 자청하는 덕에, 사진 촬영을 그다지 즐기지 않는 온 가족이 할 수 없이 폼을 잡았다. 귀찮아 하는 우리 가족의 마음을 야단치듯 갑자기 뒤에서 커다란 파도가 밀어닥쳤고, 하마터면 용왕님을 만날 뻔했다. 바다도 역시 친절한 제주도 토박이의 편이었나 보다.

마지막 날 들른 해수욕장에서 아이들은 모래성을 쌓으며 시간 가는 줄 모르고 깔깔거렸다. 간혹 밀려오는 성난 파도가 하얀 거품을 내뿜으며 애써 쌓은 성을 망가뜨렸지만 그래도 아이들은 마냥 즐거워했다.

5일 동안 참 재밌었다고 재잘대며 숙소에서 짐을 챙기는데 갑자기 창밖에서 검은 먹구름과 함께 소나기가 쏟아지기 시작했다. 지나가는 비겠거니 생각했지만, 점차 예사롭지가 않았다. 돌풍과 함께 몰려온 비가 사납게 양철 지붕을 때렸고, 앞마당 수돗가의 대야와 양동이가 요란한 소리를 내며 날아갔다. 창문이 흔들리고 가로수가 꺾이는 난동이 일어났다.

비행기가 이륙할 수 있을지 걱정하며 제주공항으로 향했다. 세찬 빗줄기가 택시 유리창을 사정없이 내리쳐 한 치 앞도 보이지 않았다. 제주 날씨까지 훤히 꿰뚫어 본다는 택시 기사는 확실하다는 듯 말했다.

"오늘 비행기가 뜨지 못할 것 같네요. 태풍이 워낙 심해서요."

그런 일이 쉽게 일어나겠느냐며 비행장에 도착해 짐을 부치려는데 공항 전광판에 '김포공항 결항'이라는 안내 문구가 나타났다. 짐작했던 일이긴 하지만, 택시 기사의 얼굴엔 난감한 기색이 역력했다. 우리를 태우고 제주도 이곳저곳을 5일이나 누비고 다닌 정이 있는데 모른 척하고 그냥 지나칠 수도 없을 터였다. 그렇다고 다른 숙소를 안내하는 것 또한 그리 편치 않은 듯했다. 그는 "태풍이 멈출 때까지 저희 집에서 머무르시도록 하시죠."라고 말했다.

우리는 어쩔 수 없이 신세를 지게 되었다. 그의 집은 돌담으로 둘러싸인 작고 아담한 초가였다. 방이 2개에 거실이 하나였는데, 가족이 살기에는 적당한 크기였지만 낯선 이방인이 함께 머물기에는 협소했다. 서로가 불편을 감수할 수밖에 없는 구조였고 폐를 끼치게 되어 송구하고 몸 둘 바를 몰랐다.

태풍은 쉽게 물러가지 않았다. 우리는 예정에 없던 나흘을 더 머물렀고 예비 여비마저 바닥이 났다. 지금처럼 카드를 쓸 수 있는 시대도 아니었기에 무척 난처했다. 급기야 그분에게 돈을 빌려 쓰기까지 했다.

안면조차도 전혀 없던 사람이고, 우리를 5일 동안 편안히 여행시켜 준 인연 밖에 없는데도 돈을 빌려준 것을 보면 사람에 대한 믿음이 깊은 것 같았다.

태풍이 멈추자 우리를 제주공항까지 태워다 주면서 커다란 소라껍질을 선물이라며 내밀었다. 자신이 아끼는 물건인데, 짧은 인연이지만 태풍으로 인한 추억으로 기념될 것이란다. 소라껍질을 받을 때 프랑스 시인 장 콕토의 '내 귀는 소라껍질, 바다의 소리를 그리워한다' 라는 시를 떠올렸다.

지금도 태풍이 불어 닥치면 제주도에서 태풍으로 고립되었던 지난 시절이 떠올라 혼자 빙긋이 웃는다. 그때 그렇게 친절하고 사람에 대한 신뢰감이 깊은 택시 기사를 만나지 않았더라면 우리도 아마 제주공항의 어느 모퉁이에서 박스 한 장에 몸을 의지하는 노숙자 생활을 했을 것이다.

사람의 인연은 묘해서 나는 지금도 그와 연락하며 지낸다. 해마다 초겨울이 되면 그는 잊지 않고 싱싱한 감귤을 한 박스씩 보내 주기도 한다.

제주공항에서 노숙 중인 승객들에게 제주도민들이 뜨거운 커피와 라면을 나눠 주고 어느 기업체에서는 쌍화탕 200병을 선물했다는 기사를 봤다. 세상은 각박하게 변해도 제주도민들의 마음은 여전히 친절하다.

장식장에 진열된 소라껍질 위로 친절한, 환한 미소가 보인다.

후회한들

추석 연휴를 이용해 남편과 함께 뉴질랜드와 호주로 여행을 다녀왔다.

우리나라 고유의 대명절인 추석을 외면하고 여행을 가려니, 조상님께 죄짓는 것 같아 마음은 천근이었다. 거기에다 큰딸의 거듭된 당부에 마음이 한층 더 무거웠다. 떠나기 전날도 큰딸은 전화를 했다.

"엄마, 해외에 나가서 이것저것 사오지 마세요. 아셨죠? 아무 것도 사오지 말고 그냥 가벼운 마음으로 즐겁게 여행만 하고 오세요. 절대 아무것도 사시면 안 돼요."

큰딸의 당부에 몇 번이고 알았다며 안심을 시켰다.

"알았어, 이번에는 아무것도 안 사고 그냥 관광만 할게. 환전도 음료수 값 정도만 했으니 걱정 마."

해외에 나가면 이상하게 가이드 말을 잘 듣는 모범 여행객이 된다. 사지 않아도 될 물건을 이것저것 사고는 귀국길에야 짐 보따리를 보며 후회한다. 그런 일이 한두 번이 아니다. 그걸 지켜본 큰딸은 제발 아무것도 사지 말라고 당부를 거듭한다. 이번만큼은 나 자신과 딸을 실망시키지 않겠다며 마음을 다잡았다.

뉴질랜드에 도착해 대자연의 푸름을 마주하니 가슴이 탁 트인다. 끝없이 펼쳐진 푸른 초원에서 한가롭게 풀을 뜯는 수많은 양들과 소, 산기슭에 여유로이 흩어져 노는 산양들, 구름 한 점 없이 맑고 푸른 하늘이 바다와 맞닿아 하나가 되는 모습을 보니, 한국에서 안고 온 무거운 마음이 사르르 녹아내린다.

이번에도 친절한 가이드는 쇼핑센터를 부지런히 안내한다. 특히 한국인들이 운영하는 가게 앞에 버스를 세울 때는 미리 간곡한 말투로 설득한다.

"여러분! 이곳에서 일하는 한국 사람들은 참 대단한 사람들입니다. 머나먼 이국땅에 와서 자리잡고 살기까지 얼마나 힘들고 외로웠겠습니까? 잠시 후에 우리 차는 그분들의 일터를 방문할 예정이니, 한국인이 나와서 인사하면 힘차게 박수도 쳐 주고, 필요한 것들은 좋은 마음으로 구입해 주시기 바랍니다. 자, 이제 현장에 도착했습니다. 조심해서 내리시기 바랍니다."

가이드의 설명이 끝남과 동시에 우리는 유치원 아이들마냥 가이드 뒤를 졸졸 따라 가게로 들어간다. 물건들이 즐비하게 진열된 매장에서는 한국 직원이 인사를 한다. 이내 홈 쇼핑 현장을 방불케 할 만큼 유창한 제품 설명이 쏟아지기 시작한다.

"이건 뉴질랜드에서만 나오는 천연자원으로 만든 화장품입니다. 주름을 없애 주고 피부를 탱탱하게 유지해 주는 기능성 화장품입니다. 자, 옆에 있는 모델의 사진을 보십시오. 바르기 전과 바른 후의 모습이 확연히 차이가 나지요."

옆 사진의 모델은 모녀라고 해도 믿을 정도로 주름이 없다. 직원은 손님들의 놀라는 표정을 절대 놓치지 않는다.

"보톡스를 맞으면 피부가 늘었다 줄었다를 반복하다가, 결국 풍선 바람 빠지듯 쭈글쭈글해지고 맙니다. 그러나 이 화장품은 얼굴에 지속적인 탄력을 주기 때문에 그런 염려 없이 젊어진 얼굴을 경험하실 수 있습니다."

마치 가이드가 나에게 직접 말한 것처럼 얼른 혼자 대답한다.

"그래, 맞아. 나는 무서워서 주름살 수술 같은 것은 엄두도 못 내는데, 저 화장품을 사면 무서움 없이 도움 받을 수 있겠어."

제일 먼저 손 들어 주문하고 구입을 마친다. 기다렸다는 듯 가이드는 다음 매장으로 안내한다.

"넓은 초원에서 자유롭게 살아가는 뉴질랜드의 양들은 스트레스를 전혀 받지 않고 살기 때문에…"

스트레스를 받지 않은 산양의 초유가 암 환자의 면역력을 키워 준다는 말에, 암 수술을 두 번이나 이겨 낸 남편의 건강을 외면할 수 없어 주저 없이 산양의 초유도 구매한다.

그 다음에 들른 곳은 관절에 좋다는 보조식품을 파는 곳이다. 평소에 큰딸이 무릎을 주무르면서 아프다는 소리를 자주한다. 너무 바쁘게 뛰어다니다 보니 관절이 닳아서 그렇다나. '아, 그래 이건 우리 큰 딸에게 좋겠다!' 짐 가방은 점점 볼록해진다.

다시 점원의 안내가 계속된다.

"이것은 악어로 만든 가죽벨트입니다. 이 정도 제품은 한국에서는 얼마를 줘야 하는데, 이곳에서는 훨씬 저렴합니다. 이것을 하고 있으면 자신감과 활력이 생겨 승진도 빠르고 사업도 번창합니다. 아들과 사위가 있으신 분은 다른 것은 안 사서도 이건 꼭 사 가서야 합니다."

'아, 맞아. 바쁜 우리 아들과 사위에게 자신감과 활력을 준다는데 꼭 챙겨 줘야지' 그래서 또 벨트를 두어 개 집어 든다.

이제 살 만큼 샀다 싶어 그만 사야지 생각하는데, 가이드가 이번에는 어느 쇼핑센터 앞에 내려 준다. 매장의 쇼윈도에서 예쁜 아기 옷이 손짓한다. 어느새 따라붙은 가이드가 부추긴다.

"아, 저 옷은 한국 압구정동에서는 십만 원 하는 옷이에요. 아마 여기에서는 그 절반 값밖에 하지 않을 거예요."

내 손에는 어느새 아기 옷이 들려있다. 막내딸이 결혼한 지 5년 만에 낳은 귀여운 손녀딸이 첫돌을 앞두고 있다. 돌빔으로 입히면 무척이나 예쁠 것 같아 얼굴에 미소가 지어진다.

환전이 문제가 아니다. 평소엔 잘 쓰지도 않던 카드가 여행 중에 날개 달린 듯이 상점마다 돌아다니며 활개를 친다. 여행 마지막 날 짐을 꾸리다 보니 짐 넣을 곳이 없다. 옆에서 남편의 잔소리가 시작되는 동시에 신신당부하던 큰딸 얼굴이 떠올라 점점 마음이 무거워진다.

집에 와서 차분히 계산해 보니 한 달 생활비와 맞먹는다. 아! 큰딸의 간곡한 당부를 망각한 이번 여행에 또 후회만 남는다.

그러니 어쩌겠어, 가족 사랑이 문제지. 이제와서 후회한들….

사랑하는 방법

"엄마는 사랑하는 방법을 몰라요." 하던 막내딸이 벌써, 5살 짜리 딸을 유치원에 보내는 엄마가 되었다. "사랑하는 데에도 무슨 방법이 있나, 웃기고 있네."라고 되받아쳤던 때가 엊그제 같은데 세월은 벌써 이렇게 나를 할머니로 만들어 놓았다.

요즘 막내딸이 손녀 키우는 것을 보면서 내 방식과는 많이 다르다는 것을 실감한다.

내가 어렸을 때 어른들 말씀이 '무릇 자식들에게 엄격해야 한다'고 하셨다. '칭찬하면 버릇이 없어진다'며 항상 자신을 낮추고 겸손하게 키우는 것을 미덕으로 여기셨다. 칭찬 받을 일을 해도 감정 표현을 하지 않았다. 아이들이 기고만장해서 자칫 버릇없이 자랄까 걱정했기 때문이다. '미운 자식 떡 하나 더 주고 고운 자식 매 한 대 더 때린다'는 속담처럼 항상 엄하고 냉정했다.

어려서부터 그런 것을 보고 자란 나도 아이를 그렇게 키웠다. 막내 초등학교 때 담임선생님이 막내를, 요즘 참으로 보기 드문 어린이라고 칭찬하신 적이 있다. 딸아이가 1학기 반장을 마치고 2학기가 되었을 때인데, 담임선생님이 별 생각 없이 우리 막내에게 심부름을 시켰단다. 딸아이는 말없이 그 일을 마치고선 퇴근하는 선생님에게 작은 쪽지를 주더란다. 무심코 받아서 펴 보니 "선생님 앞으로는 저에게 그런 것 시키지 마세요. 그러면 2학기 반장이 많이 마음 상할 거예요."라고 쓰여 있어, 한 방 얻어맞은 느낌이었다고 하셨다. 열 살 아이가 반장을 내려놓은 것도 속상할 텐데 새로운 반장 마음까지 헤아리는 걸 보고 놀랐다는 것이다. 그때 나는 아이의 너그러움을 칭찬하기보다 "선생님 칭찬에 아이가 우쭐할까 염려가 되네요."라고 대답했다.

요즘 딸아이가 손녀를 키우는 방식을 보면서 지난날의 내 생각이 착각이라는 걸 알았다.

아이들은 사랑 속에서 자라야 꿈과 사고력을 키울 수 있는데 나는 칭찬에 인색하고 엄격했다. 잘했다고 칭찬하기보다는 매사에 잘못부터 지적했다. 아이들은 새로운 시도를 하기도 전에 두려움과 불안으로 어른들의 심사를 살폈던 것 같다.

이제 와서 돌이켜 보면 정말로 아이들에게 미안하다. 죄인이 된 기분이다. 좋은 추억을 쌓아 주지 못했다. 어린 시절을 돌이켜 보면서 행복했다고 기억하도록 만들어 주지 못한 것 같다.

가난한 시절 배를 곯고 자란 나는 그저 물질적으로 모자람 없이 최선을 다하면 사랑하는 마음이 전달되는 줄 알았다. 나 자신에게 투자하는 데에는 인색해도 아이들을 위해서는 무엇이든 아낌없이 해 주었다. 배부른 것보다는 따뜻한 품과 그윽한 눈길이 더 중요하다는 것을, 애정을 가지고 깊은 애착관계를 형성해야 한다는 것을, 애석하게도 이렇게 긴 세월이 흐른 다음에야 알게 되었다.

피곤할 텐데도 막내딸은 퇴근 후에는 꼭 아기를 품에 안고 많은 이야기를 나눈다. 엄마 눈을 마주보며 조잘대는 아이의 말에도 귀를 기울인다. "와아, 그랬어? 그랬구나, 우리 공주 대단한걸!" 하며 칭찬하면 손녀의 얼굴은 자신감과 용기로 빛이 난다.

아이의 요구를 거절할 때도 옛날 나처럼 단호히 '안 돼' 라고 하지 않는다. 설득과 이해로 아이의 마음에 상처를 주지 않고 기다리며 합의점을 찾는다. 큰딸도 둘째 딸도 아이에게 절대 으름장을 놓거나 다그치지 않는다. 시간이 걸려도 기다려 주고, 잘못을 했을 때에는 '왜, 무엇' 때문에 네가 지금 엄마에게 주의를 들어야 하는지 충분히 이해시킨다. 그 모습을 보면서 아이를 사랑하는 방법이 무엇인지 새삼 깨닫는다.

지난날 나는 아이들의 마음을 이해하거나 보듬어 주지 않았다. 그저 내 판단에 의해 아이들을 내 틀 안에서 키우려고만 했다. 실현하지 못했던 나의 꿈과 희망을 아이들에게서 이루려고 했던, 준비되지 않은 엄마였다.

아이들의 꿈과 희망은 물어 보지도 않고 내가 원하는 방향 대로만 끌고 가려고 했던 지난날이 후회된다. 아이들에게 공부만 강요한 것 같아 못내 미안하다. 공부라는 틀 안에 갇혀 마음껏 상상의 날개도 펼쳐 보지 못하고 엄마의 뜻을 따르느라 힘겹지 않았을까 하는 생각에 마음이 아리다.

심리학을 전공한 막내딸이 "갖고 싶은 것, 먹고 싶은 것, 다 해 주었다고 사랑하는 것이 아니에요. 마음을 읽어 주고 이해하여 주면서 함께 동감해 주는 것이 진정으로 사랑하는 것이에요. 엄마는 사랑하는 방법을 몰라요"라고 했었다. 그 말에 코웃음을 쳤던 내가 이제 후배 엄마에게 한 수 배운다. '사랑하는 방법'이 무엇인지 보고 배우고 있으니 후배 엄마에게 산교육을 받고 있는 셈이다.

"미안해하지 마세요. 제가 이렇게 너그러운 엄마가 된 것도 엄마가 저를 잘 키워주셨기 때문이니까요."

어엿한 후배 엄마는 오늘도 2학기 반장 마음을 헤아리던 그 막내딸의 얼굴로 이 늙은 엄마 마음을 헤아려 준다.

PART 6

비껴가지 않는 삶

반란

이른 아침 창문으로 들어오는 햇살이 밝고 상큼하다.

내 몸을 지탱하는 두 다리는 오늘도 행선지가 어디냐고 묻는다. 하이힐 속 발가락도 꿈틀대며 엿듣고 있다. 꽉 막힌 하이힐 속에서 숨이 막힐 텐데, 꽉 짜인 이기적인 내 계획표대로 오늘도 분주히 움직인다.

어쩌면 나를 원망하고 있을지도 모른다. 아무리 달아나는 시간이 아깝다고 해도 그렇지, 자신들을 그렇게 혹사시키면서 바쁘게 다녀야 하느냐고 서운해 할 것이다. 숨차게 쫓아가도 잡을 수 없다는 것을 뻔히 알면서, 달아나는 세월을 잡으려고 부지런히 뛰어다닌다.

'믿었던 도끼에 발등 찍힌다' 고 하던가, 지금 나는 그것을 실감하고 있다. 몇 십 년을 말썽 없이 잘 따라 주던 두 다리와 발가락들이 반란을 일으키고 있다. 걸을 때 무릎이 시큰거린다.

하이힐의 좁고 날카로운 앞 코와 높은 뒷굽 경사에 밀린 발가락들은 더 이상 움직일 수도 숨을 쉴 수도 없다고 아우성이다. 결국은 엄지와 검지 발가락이 갈 곳이 없다고 둘이 포개져 싸움을 한다. 저녁에 자려고 누우면 무릎이 더욱 쑤시고 아프다. 대반란이 일어났다.

병원에 가서 사진을 찍어 보았다. 다리가 아프고 시큰거리는 것은 노화현상이라고 한다. 근육운동을 열심히 하라면서 약도 주지 않는다. 발가락의 반란은 구두 대신 굽 없는, 쿠션 좋은 운동화를 신어 발을 편안하게 하면 된다고 한다.

갑자기 허전함과 허탈함이 밀려온다. 나이 들어 늙는 것도 서럽고 끔찍한데 굽 낮은 운동화를 신어야 하다니, 장롱 속 타이트한 원피스들은 운동화와 어울리지도 않는다.

이 나이에 무슨 멋쟁이라고 한겨울에도 스커트에 부츠를 신고 다녔으니, 내 모습이 얼마나 우습게 보였을까. 주제 파악을 제대로 하지 못했다. 그걸 일깨워 주려고 다리와 발가락이 반란을 일으키고 있나 보다. 그 반란은 내 정신마저도 흔들어 놓는다.

마음이 우울하다. 신발장을 열었더니 굽 높은 구두가 나를 유혹한다. 괜스레 이것저것 꺼내어 신어 보고 벗어 놓는다. 버리자니 아깝고 넣어 두자니 자꾸 눈길이 간다. 이제 모든 것이 무용지물이 될 것 같다.

요즘은 가벼운 가방을 메고, 편한 신발과 옷차림으로 외출을 한다. 하늘나라에 계신 엄마가 지금의 내 모습을 보면 "봐라, 너도 별수없지. 노인이어도 차려입어야 한다고 핀잔을 주더니, 이제 이해할 수 있겠니?" 하시는 것 같다.

편한 옷차림과 운동화, 헝겊으로 만든 가방 하나 달랑 들고 다니는 내 모습을 보면 딸들은 기절초풍할 것이다. 옛날에 내가 엄마에게 그랬던 것처럼.

시간은 참으로 빠르게 지나간다. 하루를 시작했는가 하면 어느새 해는 서산에 걸쳐 있다. 인생의 황혼기를 넘은 내 인생도 그렇다. 아직 할 일도 많고 하고 싶은 것도 많은데, 어떻게 이 귀중한 시간들을 외면할 수 있을까.

하지만 어쩌랴, 이제는 뛰기보다는 걷고, 이루려고 하기보다는 포기하는 연습을 해야겠다. 몸과 마음이 허용하는 만큼만 욕심을 조절해야 한다. 아직 내게 주어진 체력과 에너지를 소중히 조심조심 다뤄야 한다. 화려함은 젊음에 내주고, 그런 시절이 있었던 것에 감사하리라.

욕심을 구두에 담아 살며시 내려놓는다. 내 마음을 훔쳐 본 발가락들의 웃음소리가 귓전에서 맴돈다.

백화점과 아웃렛의 차이

.

지난 해 초여름이다.

백화점을 둘러보다 평소에 사고 싶었던 구두를 발견했다. 가격도 30퍼센트나 할인하여 판매한다. 굽이 7센티미터 정도 되는 하이힐인데 정가엔 감히 사지 못할 높은 가격의 구두다.

구두를 사서 신발장에 넣어 놓으니 매우 뿌듯했다.

구두 욕심이 많은 나는 구두를 장식품처럼 사서 모은다. 신발장 안에 나란히 키 재기를 하듯 쌓여 있는 구두를 보면 마치 세상에서 가장 부자가 된 듯하다.

어느 날 좌회전하려는 버스 안에서, 하이힐을 신은 60대 중반의 아주머니가 큰대자로 넘어지는 것을 봤다. 아차 싶었다. 무척 아팠으련만 아주머니는 부끄러웠는지 버스가 정차하자마자 쏜살같이 내렸다.

그날 집에 와서 신발장 구두들을 한참 쳐다보았다. 초여름에 30퍼센트 할인 받아 산 구두는 상표도 뜯지 않은 채 고이 모셔져 있다. 좋은 날 신으려 아껴 두었는데…, 아쉽지만 그 구두를 환불하기로 했다.

구두를 산 지 이미 몇 개월이 지난 후였다. 상표가 붙어 있어도 환불은 거의 불가능하지 않을까 슬그머니 걱정이 되었다. 하지만 '밑져야 본전'이란 속담도 있지 않은가. 용감하게 백화점 구두매장으로 갔다.

"안녕하세요? 저는 반가운 손님이 아니에요. 지난해 늦은 봄에 여기서 구두를 샀는데, 높은 구두를 신고 버스 안에서 넘어지는 제 나이 또래의 여성을 봤어요. 그걸 보고 나니 높은 구두를 신을 자신이 없네요. 굉장히 죄송하지만 환불해 주실 수 있는지요?"

매장 직원은 아무렇지도 않게 대답한다.

"영수증 있으세요? 영수증하고 구두 갖고 오시면 환불해 드릴게요."

몇 달이 지나 영수증이 없다고 하니 "카드로 사셨으면 고객센터에 가서 영수증 받아 오시면 됩니다."라고 가르쳐 주기까지 한다. 고객센터에 가서 전후 사정 이야기를 하고 새로운 영수증을 발급받았다. 구두를 환불했고, 며칠 후에 그 전액이 통장으로 입금되었다.

금년 여름 아웃렛에서 마음에 드는, 저렴한 원피스를 하나 구입했다. 기장이 좀 짧긴 했지만, 수선집에 가서 길이만 늘이면 될 것 같았다.

수선집에 가져갔더니, 이 원피스는 제작부터 기장의 단을 잘라 버려서 길이를 늘일 수가 없다고 한다. 그냥 입을까 망설이다가 짧아서 도저히 안 되겠다 싶어, 교환하기로 하고 먼 거리의 아웃렛을 다시 찾았다.

영수증까지 그대로 챙겨 갔건만 점원은 '교환은 1주일 이내에 해당한다'고 적힌 부분을 가리킨다. 이 옷은 구입한 지 보름이 넘었기에 안 된다는 것이다. 환불해 달라는 것도 아니고 같은 옷의 큰 사이즈로 교환해 달라는 건데 왜 안 되느냐고 했지만 "고객님 죄송합니다. 영수증에 적혀 있잖아요. 죄송합니다."만 연발한다. 결국 환불은커녕 교환도 하지 못하고 말았다.

'싼 게 비지떡이다'라는 옛날 어른들의 말씀이 떠올랐다. 백화점 정가에는 고객에 대한 친절과 서비스가 포함돼 있고, 아웃렛에선 그런 부분을 제외한 저렴한 가격에 물건을 내놓는다.

그렇더라도 인지상정, 사람이 하는 일엔 서로 배려하는 마음이 기본일 텐데, 아웃렛의 가격에 칼같이 퇴짜를 맞고 보니, 체면과 마음도 돈으로 정해지는 건가 싶어 쓸쓸했다. 아웃렛이라고 마음까지 할인해서 파는 곳은 아닐 텐데 말이다.

산

언제부턴가 주말이면 산을 찾는다.

그저 녹음이 좋아 산을 찾다 보니 습관이 되었다. 산골에서 자라서인지 그냥 산이 좋다. 산속의 나무와 숲은 언제나 평안을 준다. 그렇다고 자연이 항상 안전한 것만은 아니다. 안양 수리산 등반은 지금도 잊을 수가 없다.

한여름 아들과 함께 수리산에 갔다가 깊은 산속에서 길을 잃었다. 등산로도 보이지 않고 사람도 하나 없다. 갑자기 하늘이 검은 구름으로 뒤덮인다. 금방이라도 천둥 번개를 동반한 굵은 소낙비가 쏟아질 것만 같다. 난감하다. 가슴이 쿵쾅거리고 무서움이 밀려온다.

머릿속엔 온갖 무서운 상상이 동원된다. 전설 속 여자가 머리를 풀어 헤치고 다가와 배낭을 잡고 늘어질 것만 같다. 심장이 조여들고 다리가 후들거린다. 그때, 나뭇잎 밟는 소리와 도란도란 사람소리가 들려온다. 발자국 소리가 우리 쪽으로 점점 다가온다. 가슴이 콩알처럼 조여들기 시작한다. 도란거리는 소리는 분명 사람 소리지만 반가움보다 두려움이 더 크다. 어렸을 적에 어른들이 "산중에서는 짐승보다 더 무서운 것이 사람이다. 사람만큼 잔인한 동물은 없다"고 하시던 이야기가 왜 하필 그때 섬광처럼 떠오르는지. 강한 척하던 아들 역시 두려움을 감추지 못한다.

벌벌 떨며 곁눈질로 보니 젊은 부부가 등산복 차림으로 오고 있다. 순간 살았다는 안도감과 함께 긴장이 확 풀리며 다리에 힘이 쑥 빠진다. 휘청거리는 나를 보고 젊은 부부는 깜짝 놀라며 말한다.

"이 길이 무척 험한 코스라 등산하는 사람들도 웬만하면 여기 오지 않는데…"

의아한 눈으로 우리를 안내해 주며 이런저런 조언을 한다. 산에서 길을 잃었을 때, 하산하려고 서두르지 말고 헬기나 구조대원들의 눈에 잘 뜨이는 산등성이에 올라가서 빨간 모자나 짙은 색의 손수건을 휘둘러 구조요청을 해야 한다는 것이다. 산에 오를 때에는 특히 날씨에 신경을 써야 한다는 것도 강조한다. 긴장을 풀어 주려고, 겁에 질린 우리에게 여러 조언을 건넨다. 앞선 그들은 천천히 걷지만 뒤따르는 내 발걸음은 자꾸 뒤처진다.

어느새 먹구름 속을 뚫고 굵은 빗방울이 쏟아지기 시작한다.

천둥 번개도 뒤따른다. 빽빽한 나뭇잎도 막아줄 수 없는 빗방울이다. 젊은부부가 발걸음을 멈추고 손을 내민다. 칼바위가 무섭게 솟은 산속에서 이런 빗방울은 자칫 추락 사고를 일으킬 수 있다고 한다. 내 손을 잡아 조심스럽게 안전한 곳으로 옮겨 주고는 아들에게 당부를 건넨다.

"이런 악산에 오실 때는 젊은 사람들끼리 오셔야 해요. 어머님과는 산책하기 좋은 뒷산이 좋아요. 연세도 있으신 것 같은데, 이런 산은 제대로 등산교육을 받은 사람들도 조심스러운 곳이에요."

젊은 부부는 자신들이 가려던 길을 포기하고 우리를 안양역 방면으로 안내해 준다. 고마움에 따뜻한 커피라도 대접하려 했지만 극구 사양한다.

한 발짝만 잘못 디디면 수십 미터 아래로 추락하게 되는 위험한 산길에서 그 젊은 부부를 만나지 못했더라면 나는 지금쯤 실종자로 접수된 상태일지도 모른다. 비록 옷은 다 젖어 물에 빠진 생쥐 꼴이고, 등산화에 물이 차서 한 걸음도 걷기 힘들었지만 그 부부의 친절함 때문에 지금까지 좋은 기억으로 남아 있다.

가을산은 오색찬란해서 좋고, 겨울산은 정상에서 보면 막힘 없는 시야가 장관이다. 간혹 살얼음이 얼어 미끄럽지만, 양지바른 바위틈에는 이름 모를 꽃이 수줍게 피어 예쁜 풍경을 선물하기도 한다.

산은 우리에게 많은 것을 준다. 새봄에는 새싹을 피워서 새롭고 힘찬 희망을 보여 주고 여름에는 시원한 그늘을 만들어 준다. 요즘에는 코로나19로 인하여 더욱 산과 친하게 되었다. 사람과의 거리 두기에 동참하기 위해 거리로 나다니지 않고 공기 맑고 조용한 산속으로 간다. 그곳에서 자연의 이치를 배우고 있다.

힘없이 쓰러져 있는 고목을 볼 때는 서글픔을 느낀다. 몇백 년은 자랐을 것 같은 고목이 비바람을 이기지 못하고 쓰러져 있다. 아니 세월을 이기지 못한 것인지도 모른다. 세월 앞에 장사 없다는 말이 실감난다. 언젠가는 나도 저렇게 떠나야 한다는 것을 깨닫는다.

아직도 코로나19가 떠나지 않고 주변을 서성거린다. 돌아오는 주말에도 배낭을 메고 산에 오를 것이다. 자연이 아무리 아름다워도 사람이 있어야 그 아름다움이 완성된다. 바위산을 쩔쩔매며 일렬로 오르던 타인들이 정상에 오르면 하나같이 "야호!"를 외친다. 누구랄 것도 없이 서로 사진을 찍어 주기도 하고, 다투어 태극기 옆에서 기념 촬영도 한다.

산을 타는 사람들은 모두 심성이 곱다.

자연의 장대함과 인간의 미약함이 공존하는 그곳은 우리를 곱고 겸손하게 만든다.

산속의 나무와 숲은 언제나 평안을 준다.
그렇다고 자연이 항상
안전한 것만은 아니다.
안양 수리산 등반은 지금도 잊을 수가 없다.

잘못된 선택

어버이 날이라고 아이들이 다 모였다.

손녀들 재롱을 보는데 갑자기 눈물이 핑 돈다. 서울 이웃집에 살던 어르신이 생각나서다. 얼마 전에 찾아가 만났는데, 그렇게 곱고 인자하던 모습이 몹시 초라하게 변하셨다. 검버섯으로 뒤덮인 얼굴과 가랑잎처럼 부스스한 머리칼이 처량하게 느껴졌다. 구부정한 허리는 할미꽃 같고, 손마디는 나무토막처럼 울퉁불퉁했다. 서울 떠나 온 지 이십여 년이 넘었으니, 연세가 드셔서 그러려니 했는데 말씀 중에 자꾸 눈을 비비는 모습에는 일상의 고달픔이 엿보였다.

그곳을 뜨기 전엔 그 할머니와 무척 가깝게 지냈다. 할머니는 남편과 일찍 사별하고 어린 3남매를 혼자 힘으로 키웠다. 온갖 고생을 했지만 자식을 훌륭하게 키워낸 것을 자랑으로 여기셨다. 간간이 살아온 이야기를 할 때는 눈에서 빛이 나도록 진지했다. 큰아들은 우리나라 대기업 사장으로 있고, 작은 아들은 미국 유학 후, 현지에서 자리잡았다고 자랑하셨다.

큰아들 집에 사시다가 딸네 육아를 도우려고 옮겨 오셨다고 했다. 사위가 사업을 하는데 딸도 아침마다 함께 출근했다. 할머니는, 아버지 얼굴도 모르고 자란 딸이 세상에서 가장 예쁘고 불쌍하다며 늦은 나이라도 줄 수 있는 것은 몽땅 쏟아 붓고 싶다고 했다. 어린 손주 남매를 돌보며 집안일을 도맡아 하면서도 콧노래를 불렀던 분이다. 학교에서 학부형 총회가 있는 날은 즐거운 얼굴로 함께 가자고 하셨다. 옆집에 사는 나를 딸처럼 생각하며 많은 것을 가르쳐 주고 도와주셨다. 우리 가족이 그곳을 뜨던 날은 눈시울을 적시며 섭섭해 하셨다.

간간이 전화로 서로의 안부를 묻곤 했지만, 생활이 바쁘다 보니 쉬 만날 짬을 내지 못했다. 그래도 전화로 안부를 물으면 늘 밝게 받던 분인데, 어느 날 평소 같지 않은 목소리로 "언제 한 번 놀러 와, 나는 늙어서 차를 어디서 타고 어떻게 가는 것도 모르니까 놀러 와." 하신다. 불현듯 불안한 마음이 들었다. 살아생전 그 분을 못 뵈면 후회될 것 같았다.

오랜만에 할머니 댁을 찾았다. 초인종을 누르자 알아보기 힘들 만큼 늙어버린 할머니가 눈물이 범벅이 되어 문을 여신다. 눈물에도 종류가 있다. 반가움의 눈물이 있고 서러움의 눈물이 있는데, 분명 나를 만난 반가움이 아니라 참아둔 서러움이 폭포처럼 쏟아져 내리는 눈물이었다.

할머니는, 손주들이 성장하고 나니 이제 있을 곳이 없어졌다고 했다. 딸과 사위는 "어머니도 이곳에 계시면 하루 종일 무료하실 테니 큰아들한테 가서서 함께 사시는 것이 더 편안하지 않을까요?"라며 은근히 떠나기를 원하더란다. 큰아들은 언제든지 오라고는 하지만, 딸의 집안일만 거들다가 지금에 와서 아들에게 얹혀사는 일은 면목이 없어 도저히 못하겠다고 하신다. 그간 시어머니 역할은 하지도 못했는데 며느리 밥을 입에 넣을 수가 없단다.

유복자로 태어난 안쓰러운 딸을 위해 오랜 세월 희생해 온 대가는 너무 가혹했다. 아들 며느리와 떨어져 살았더니 인생 막바지에 오갈 데 없이 만들어 놓았다며 목놓아 우신다. 불경기로 사위의 사업이 어려워졌다고 한다. 둘이 언쟁을 높이며 다툴 때면 마치 자신을 내쫓기 위해 시위하는 것 같다고도 하신다.

두 아들이 매달 용돈을 통장으로 넣어 주기는 하는데, 이것도 화근이었다. 딱히 쓸 곳도 없어 고스란히 통장에 넣어 두었더니 딸이 그걸 알고는 "엄마, 우리 지금 무척 어려워. 경기가 안 풀려요. 그 돈 우리에게 빌려 주면 다음에 이자까지 쳐서 갚을 게." 했다. 처음에는 오죽이나 어려울까 싶어 통장의 돈을 몽땅 빼서 주었다. 그런데 이제는 아예 아들에게 가서 사업자금을 얻어 오라고 윽박지른다고 한다.

기가 막히고 분해서 잠도 오지 않는다며 베개 속에 숨겨 놓은 통장을 꺼내 보여 주신다.

"이것마저 없으면 정말 쫓겨날까 싶어 베개 속에 숨겨 두고, 화장실 갈 때는 몸속에 지니고 가."

고향산천을 등지고 객지에 나와 주변에 지인도 없고 속마음을 털어 놓을 곳도 없어, 가슴이 터질 것처럼 외롭고 힘들다고 한다. 우울증과 위경련까지 일으켜 죽을 고비를 몇 번 넘겼단다.

자신의 남은 인생 모든 것을 다 주어도 아깝지 않을 것 같던 딸이 변했다. 그 모습을 지켜보며 살고 있는 노인은 분노와 절망으로 온몸을 칭칭 감고 있다. 세상 사람들이 다 자기 부모를 외면해도 당신 딸은 절대 그러지 않으리라고 믿었단다. 이렇게 되고 보니 그 서러움은 이루 말할 수 없다며 우시던 그 어르신의 모습이 너무나 안쓰러웠다.

지하철을 타고 오면서도 내내 마음이 무거웠다. "나 어떡해야 하지" 하시던 할머니의 울음 섞인 목소리가 지금도 귓전에 맴돈다.

하늘이 내린 선물

거대한 땅덩어리 중국, 그곳에서도 으뜸으로 신비롭다는 구채구를 여행하기 위해 고향친구 열두 명과 인천공항에서 만났다.

비행기가 두 시간이나 연착되었는데도 오랜만에 만난 친구들과의 수다는 그 지루함을 잊기에 충분하다. 밤 비행기를 타고 중국 사천공항에 도착한 시각은 새벽 네 시, 별들도 잠든 고요한 시간이다. 말로만 듣던 구채구의 신비로움에 사로잡혀 피곤함도 잊은 채 호텔로 간다.

짐을 정리하고 다시 버스에 몸을 싣는다. 가이드는 앞으로 여덟 시간을 더 달려야 구채구에 도착한다고 한다. 버스는 어둠을 뚫고 조심스럽게 달린다. 동이 트는 창밖은 끝없는 첩첩산중이다. 해발 3,000미터, 구채구 정상을 향하는 마음은 호기심으로 가득 차 오른다. 우뚝 솟은 산맥을 휘감은 구름은 손끝에 잡힐 듯하고, 울렁거림은 산소가 부족한 고산지형 때문인지 아니면 여행의 기대감인지 알 수 없다.

설핏 잠이 들려는 순간 가이드가 안내 방송을 한다.

"자, 여러분, 고생하셨습니다. 잠시 후에 구채구에 도착하니 모두 내릴 준비하세요. 여기는 굉장히 춥고 바람이 많이 부는 곳입니다. 모두 옷을 단단히 챙겨 입으세요."

버스 문이 열리자 매서운 바람이 쏜살같이 달려든다. 더워서 줄곧 에어컨을 켰는데, 그게 무색할 만큼 칼바람이 압도적으로 사납다.

"고산증이 있거나 고혈압이 있는 사람은 해발 삼천 미터의 정상이 치명적일 수 있습니다. 무슨 일이 생기면 온전히 본인 책임이니 각자 자기 건강 상태에 따라 정상 등반을 결정하십시오."

가이드는 본인 책임이 아니라는 점을 몇 번 더 강조한다.

가이드의 은근한 엄포에 지레 겁이 난다. 미리 준비해 간 고산증 약을 만지작거리며 오를까 말까 수십 번 망설인다. 아쉽지만 정상에 오르지 않기로 한다. 고혈압과 협심증을 오래도록 잘 다스리려 왔지만 만일의 경우에 대비해야 한다. 건강은 건강할 때 더 조심해야 한다고 마음먹는다. 가스통과 고산증 약을 비상용으로 갖고 올라가는 친구들이 마치 전쟁터에 나가는 개선장군처럼 늠름해 보인다.

구채구는 골짜기 안에 살고 있는 아홉 개의 장족마을 숫자를 따 '구채구'라고 불리게 되었단다. 때 묻지 않은 원시 비경을 자랑한다. 1999년 유네스코에 의해서 '자연유산'으로 지정되었다. 그만큼 신비롭고 아름다운 곳이다.

구채구 올라가는 진입로 한쪽, 작은 웅덩이에서 마치 용암이 분출하듯 보글보글 물이 끓는다. 지나가는 관광객들이 확인이라도 하려는 듯 손가락을 살짝 적시기에 나도 따라 해 본다. 두꺼운 잠바를 입을 정도로 낮은 기온인데도 손끝에 닿는 물은 제법 뜨겁다. 아직도 땅속에서는 용암이 분출하려고 숨을 쉬고 있기 때문이란다.

구채구 여행지에서 빼놓을 수 없는 오색호의 맑은 물은 구채구 북쪽 성복산 기슭에서 계단식으로 펼쳐진다. 3,400여 개의 석회 연못으로 이루어졌는데 물빛이 비취처럼 영롱하고 투명하다. 가까이에 서서 물길을 바라보면 거울처럼 우리 모습을 볼 수 있어 신기하다. 신화 속의 별천지 같다. 물에 비친 고사목들은 한 폭의 아름다운 수채화 그 자체이다.

이런 아름다움을 신이 질투해서였을까. 2008년 구채구 길목의 거대한 산이 무너지는 대지진이 있었다. 우리가 알고 있는 쓰촨성 대지진이 바로 그것이다. 높고 깊은 산이 갈라지면서 온 마을을 덮쳤고, 팔만여 명의 목숨을 앗아갔다. 대지진의 현장은 참혹한 모습 그대로를 우리에게 보여 준다.

산 입구에는 '2008년 5월 2일 대지진'이라고 적힌 커다란 팻말이 슬픔을 안고 서 있다.

"알면 병이고 모르면 약이다"라는 우리나라 속담이 불현듯 생각난다. 그런, 무서운 지진이 있던 지역이란 걸 미리 알았다면 여행지로 선택하지 않았을 것이다.

풍비박산風飛雹散 난 산허리를 돌아서 굽이쳐 흐르는 강줄기를 따라 버스가 달려가는 사이에 현지 가이드의 설명이 이어진다.

"저기 왼쪽을 보세요. 산더미가 마을 전체를 덮쳐 흔적조차도 알아볼 수 없게 됐어요. 저 아래 수많은 희생자가 있을 겁니다. 복구할 엄두도 못 내고 그냥 저렇게 놔 두고 있어요."

가이드는 하지 않아도 될 말까지 덧붙인다. 그 설명을 들으며 산더미에 묻힌 마을을 지나간다. 두려움과 안쓰러움으로 마음이 무겁다.

대지진 참사 현장에서의 무거운 마음을 털어 내고 우리 일행은 구채구를 떠나 다음 여행지인 티벳으로 향한다.

티벳은 마을 전체에 불교를 상징하는 사찰이 가득하다. 중국을 벗어나 독립하려고 무던히 노력했지만 아직까지는 중국에 속해 있는, 소수민족이 살고 있는 곳이다.

서낭당에나 있을 법한 많은 상징물들이 산란하게 나부끼는 모습을 보면서 살짝 거부감도 들고, 또 전통과 신앙을 지켜 내는 모습이 놀랍기도 하다.

하늘 한 조각이 떨어져 생긴 마을처럼, 깊은 산속 오지 마을은 맑고 깨끗하다. 생활풍습은 50년 전 우리나라 시골을 연상케 한다. 청명한 하늘 아래 고개 숙이고 있는 노란 해바라기를 보면서 어릴 적 고향을 떠올린다. 오래전에 잊힌 고향을 그곳에서 만난 기분이다. 시대를 거슬러 올라간 듯하다.

짧은 여행 일정이지만 많은 것을 보고 느끼고 체험했다.
가이드의 은근한 엄포에 몸을 사리고 구채구 정상에 오르지 못한 것이 내내 아쉬움으로 남는다.

뜻밖의 선물

친구들과 일정을 맞춰 여행을 계획했다.

여행지를 미얀마로 정하고 나니 생각나는 사람이 있다. 미얀마 국비 장학생으로 우리나라에 온 여학생이다. 우리는 행정대학원에서 같이 공부했다. 어린 나이지만 그녀는 무척 야심 찬 계획을 갖고 있었다. 전쟁을 겪고도 부유한 국가로 발돋움한 대한민국을 배우고 싶어 했다. 미얀마로 돌아가서는 훌륭한 공무원이 될 거라고 했다.

공부를 마치고 떠날 때, 혹시 미얀마로 여행하게 되면 연락을 달라고 했다. 미얀마의 여기저기를 안내하겠다고, 몇 번이나 강조했었다.

패키지여행이라 사실 안내 받을 일은 없다. 다만 그 학생의 현재 모습이 궁금했다. 시간만 나면 몽당연필로 한글 쓰기에 여념이 없던 그녀는 1년 만에 한국어 능력 시험에 합격했다. 한국어 자격증을 딴 후에는 명동 롯데호텔에서 열리는 행사에서 통역 아르바이트도 했다. 미얀마에서 온 유학생들의 모임에서는 회장을 맡았다. 체구는 작지만 영어는 물론 일본어, 한국어까지 4개 국어를 마스터했다. 그녀가 자국으로 돌아가서 자신이 꿈꾸던 일을 하고 있는지 은근히 궁금했다

여행사에 예약을 마치고 미얀마에 있는 그녀에게 카톡을 보냈다. 내가 머물 호텔 이름을 알려 주었더니 자신의 직장에서 가깝다며 좋아했다. 비행 시간표와 우리 일행이 몇 명인지 물었다. 인원수까지 파악하는 걸로 봐서 혹시 우리 일행에게 선물을 준비하려나 싶었다. 받고만 끝나면 미안하기도 하거니와 나라 망신이다 싶어 나도 이것저것 선물을 준비했다.

그녀가 즐겨 먹던 떡볶이 재료와 고추장, 고소하고 바삭거리는 김… 이것저것 준비하다 보니 캐리어 하나가 가득 찼다. 외국에 있는 딸네 집에 갈 때도 가져가지 않던 커다란 짐꾸러미를 수하물로 부치고 비행기에 몸을 실었다.

저녁 8시경 호텔 로비에서 그녀를 만났다. 선물 꾸러미를 건네자 마치 엄마가 딸에게 주는 음식 보따리 같다며 매우 기뻐했다. 한 시간 정도 소식을 나누고 숙소로 돌아왔다. 방에서 기다리던 친구가 말했다.

"너는 가방 가득 선물을 사다 줬는데 그 사람은 뭐 안 갖고 왔어? 일행이 몇 명인지 물었다며? 인원 파악했다고 해서 기

넘품이라도 하나씩 주는 줄 알았지."

실망한 듯한 친구들의 말을 듣고 보니 조금은 섭섭했다. 무시당한 것 같은 생각도 들었다. 선물 담았던 빈 가방을 방 한쪽에 세워 두니, 허전하고 허탈했다. 하루가 지나고 이틀이 지나도 잘 먹었다는 전화 한 통 없다. 서운한 마음이 또렷해졌다.

'한창 젊은 나이니 이것저것 바쁘겠지. 아니면 회사에서 피치 못할 사정이 있거나….'

스스로를 달래면서도 마음 한구석이 찜찜한 것은 어쩔 수 없었다.

첫날 그런 일이 있었으니 미얀마 여행이 즐거울 리 없다. 미얀마의 애국자, 수지 여사의 집 앞에서 기념사진을 찍었다. 그래도 여행의 기분이 통 나아지지 않았다. 선물을 살 때는 즐거웠는데 전해 준 후의 뒤끝이 영 섭섭해서 마음이 무겁다는 걸 그녀는 알지 못할 것이다. 어쩌면 상관 안 하는 것인지도 모른다. 현지인 친구에게 환영 받지 못했다는 것 때문에 공연히 마음만 무거웠다.

유적지에 들어갈 때는 관광객만 입장료를 냈다. 관광객에게 한 푼이라도 더 받아 내려는 얄팍한 속셈을 엿본 것 같아 표정이 굳어졌다.

여행 마지막 날 가이드에게 내 어두운 낯빛을 설명해야만 할 것 같았다. 열심히 안내해 준 노고에 대한 예의 같았다.

공항으로 가는 길에, 미얀마 친구와 그녀로 인해 무겁고 씁쓸했던 내 마음을 이야기했다. 그러자 가이드가 껄껄 웃었다. 체면과 위신을 중시하는 우리나라는 기부한 뒤 이름 석 자 알리는 것을 명예로 삼지만, 미얀마 사람들은 선행을 외부에 알리지 않고 조용히 자족하는 것을 당연시한다고 했다. 어려운 사람을 돕는 것은 선행을 '베푼 것'이 아니라, 어려운 사람이 '선행의 기회를 준 고마운 사람'이라는 것이다. 즉, 선물을 준 사람이 받은 사람에게 오히려 고마워한다는 것이다. 비로소 선물을 받고도 고맙다는 인사조차 없던 미얀마 친구의 마음을 알 것 같았다.

선물을 받으면 갚아야 하고, 갚지 않으면 신세 진 것 같아 마음 무거운 것이 우리 정서다. 선물을 주게 만든 사람에게 오히려 고마워해야 한다니, 우리의 사고방식과는 큰 차이가 있다.

가이드의 말은 사실이었을까? 아니면 여행객의 마음을 위로하려는 임기응변이었을까? 알 수는 없지만, 그렇게 믿어야 이 여행의 기억이 아름다울 것 같다.

아무튼 세계는 너무나 넓고, 마음과 생각은 그만큼 다양하다는 걸 확실히 알았다. 자유롭게 국경을 넘나드는 이 시대를 즐겁게 살아가기 위해선 문화와 정서를 뛰어넘는 넉넉함이 필요할 것 같다.

미얀마 친구로부터 마음을 담은 선물은 받지 못했지만, 대신 여러 생각들을 선물로 받았다. 먼 나라의 친구에게 베풀 수 있는 입장임을 깨닫게 된 감사함, 이것도 내가 받아 온 선물 중의 하나이다. 참으로 뜻밖의 선물이다.

비껴가지 않는 삶

초등학교 동창 열두 명이 만났다.

졸업 후, 처음 만나는 친구도 있다. 일흔이 다 되었으니 거의 육십 년 만에 만나는 셈이다.

서로 옛 모습을 더듬으며 인사를 나누었다. 몇몇은, 6년 간 계속 같은 반이었던 것은 알겠는데 이름이 기억나지 않았다. 나만 그런 것은 아닌 것 같다. 여기저기서 손뼉을 치며 이름과 기억을 맞추어 갔다.

"아, 그래! 너 2분단에 앉았었지! 그리고 네가 우리 반에서 학습부장 했었잖아. 너의 아버지가 우리 학교 교무주임 선생님이고."

그렇게 열두 명의 노인들이 마주앉아 옛날 일을 추억하고 있다. 안동, 옥천, 대전에서 올라 온 친구도 있다. 산골 친구들이 이제 어엿한 어른이 되었다. 고급 한정식 집에 자리를 잡았건만 맛있게 차려진 식사는 뒷전이고 모두 이야기하기 바빴다.

"체육 선생님하고 원예부 선생님 기억 나? 호랑이 선생님들이라 특활 시간이 얼마나 무서웠는지 몰라."

"그래. 원예 실습 중에 국화 꽃잎 하나만 떨어뜨려도 벼락같이 화를 내셨잖아. 그래서 특활 시간이 정말 무서웠어."

"그래도 그 원예 선생님 덕분에 국화 전시회도 열었지. 지역 신문사랑 옥천군내 각 학교 선생님들이 견학 오고 했잖아. 공부보다 꽃과 교내의 식물 가꾸기에 더 열심이어서서 텃밭이 정말 예뻤지."

식사를 마치고 커피숍으로 자리를 옮겼다. 누가 먼저랄 것도 없이 손주 자랑이 시작되었다.

"손주 자랑하는 사람 오늘 찻값 내라."

누군가 엄포를 놨지만 오히려 서로가 내겠다며 자랑이 이어진다. 자기 자식들 키울 때보다 몇십 배 더 예쁘다고 한다. 마냥 귀엽고 신기하다고 앞다투어 손주 자랑에 여념이 없다. 그런 우릴 질투라도 하듯이 내 핸드폰 소리가 요란하게 울렸다.

"당신 왜 점심값 안 내고 도망갔어!"

남편의 호통에 이게 무슨 소리인가 싶었다.

"아니 그게 무슨 소리예요. 점심값을 안 내고 도망가다니요?"

"당신 점심 먹었다는 식당에서 몇 번 전화 왔는데, 점심값 안 내고 갔다고 난리를 치더라고!"

전화기에서 새어 나오는 남편의 다급한 목소리와 나의 놀라는 표정에 동창회가 중단되었다. 화기애애하던 분위기에 얼음물을 끼얹은 것 같아 몹시 불편했다.

산골에서 올라온 총무가 점심값을 현금으로 내고, 식당 일손 덜어 주겠다며 영수증을 그냥 놔두라고 했단다. 영수증을 받았더라면 시끄러울 일이 아닌데, 영수증이 없어서 상황이 복잡해졌다. CCTV 확인 요청을 했는데 현금 낸 사람이 아무도 없단다. 그야말로 귀신이 곡할 노릇이었다.

총무가 따지러 가겠다며 상기된 얼굴로 자리를 박차고 일어났다. 잠시만 기다려 보자며 붙잡았다. 총무는 안절부절못했다. 애가 타는 눈치였다. 고급 한정식집이니 결코 적은 돈이 아니다. 속으로는 애가 탔지만 나까지 초조한 모습을 보이면 안 될 것 같았다. 겉으로 태연한 척하면서도 입에서는 침이 말랐다. CCTV에도 잡히지 않았다면 영수증이 없는 우리가 속수무책으로 당할 수밖에 없는 처지였다. 모두 흩어져 살다가 육십 년 만에 어렵게 만났는데 이게 무슨 일인가 싶어 화가 났다.

"사모님 죄송합니다. 다시 확인해 보니 식비 계산을 하셨네요. 정말 죄송합니다. 다음에 오시면 더욱 정성껏 모시겠습니다."

한 시간쯤 지났을까, 전화를 통해 그 직원이 아무 일 없다는 듯이 말했다. 태연한 목소리를 들으니 안도보다 언성이 울컥 높아졌다.

"아니, 다음에는 당신들이 진수성찬을 차려 놓고 오라고 해도 안 가죠. 도대체 제대로 확인도 하지 않고 우리를 도망자 취급을 해요? 그리고 아무 일 없다는 듯 사과하면 없는 일이 되는 겁니까?"

식당 직원은 내심 교양을 차리려는 듯 목소리를 가다듬었다.

"저는 이 식당의 매니저 양○○입니다. 직원 실수로 엄청난 부담을 드렸네요. 정말 죄송합니다. 마음 상하게 해 드린 점 깊이 사과 드리니 다시 모임에…"

할 일 없는 노인들이 모여서 수다나 떨면서 별 것도 아닌 일에 왜 화를 내냐는 듯한 태도다. 돈으로 환산되거나 눈에 보이는 피해만 피해라고 생각하는 것 같았다. 점잖게 포장하면 그런 실수쯤은 아무것도 아니라고 생각하는 직원의 태도가 몹시 불쾌했다.

"이봐요, 당신들은 우리를 도둑 취급했어요. 모처럼 만난 모임에서 다같이 도둑 취급을 받았는데, 그게 사과하면 상식적인 일이 되는 겁니까?"

식당 직원은 교양 있는 말투를 접고 짜증을 내기 시작했다.

"지금 커피숍에 계시다고 하니 커피값이라도 내어 드릴까요? 그러길 원하시면 영수증 들고 저희 매장으로 방문해 주시면 됩니다."

매니저라는 사람이 영수증을 받으러 온다는 것도 아니고 영수증을 들고 식당으로 찾아오란다. 칠십 노인이 커피값 받으러 오진 않을 거라 생각하는 모양이다. 자기 말과 행동에는 책임을 지워야지 싶어 친구들을 먼저 보내고 영수증을 챙겨 식당으로 갔다.

막상 가서 보니 다른 직원이 계산대에서 "오늘은 매니저님이 바쁘셔서 못 들어 오실지도 모르니 다음에 오세요"라는 말을 서슴없이 한다. 겉만 번드르르한 식당에서 점잖은 말투와 교양으로 무책임을 포장하는 행태가 괘씸했다.

소액의 커피값이지만 반드시 받아갈 요량이었다. 자리를 잡고 기다리는 나를 보더니 계산대에 있던 직원이 전화를 한다. "매니저님, 낮에 식비 문제로 통화하셨던 손님분이 기다리고 계시는데요."라는 소리와 함께 소곤거리는 소리가 들렸다. 잠시 후에 매니저라는 사람이 나타나 직원의 실수라고 구구절절이 설명을 한다. 말없이 약속한 영수증을 들이밀었다. 매니저는 한참을 망설이다 얼굴빛이 어둡게 변하며 사만육천 원을 내어 준다.

매니저는 오늘 일을 어떻게 생각할까? 시간도 돈도 남아도는 노인들이 모여서 수다를 떨다가 한창 바쁜 점심시간에 어린 직원이 실수한 것을 너그럽지 못하게 대응했다고 생각하려나.

전쟁 후 폐허를 지금의 대한민국으로 만든 우리 세대에게는 명예와 책임이 생명이다. 일 처리에서 실수는 명예의 실추라 생각했고, 어떻게든 최선을 다해 만회하려고 애쓰며 국가적 신뢰를 쌓았다. 그렇게 이 나라를 일구었고, 그 기준을 기대하는 우리는 이제 꽉 막힌 노인들로 조롱을 받는다.

육십 년 만의 모임에 찬물을 끼얹은 그 직원의 실수, 그리고 책임감 있게 최선을 다해 서비스를 제공하길 바라는 고객의 마음 중 무엇이 더 우선일까. 그 직원의 실수를 친구의 자녀를 대하듯 너그럽게 넘겼어야 했을까. 조금 더 신중하고 정확하게 처리해 주길 바란 마음이 잘못일까.

잘못을 인정하고 진심으로 사과했으면 용서 못해 줄 것도 없다. 끝까지 찾아가 찻값을 받아 낸 건, 돈이면 다 해결되는 양 쉽게 말을 내뱉은 그녀에게 책임을 지게 하고 싶어서다.

생활은 오늘도 비껴가지 않는다. 삶의 고민은 육십 년 만의 만남 속에서도 계속 된다.

봄이 오는 길목에서

겨울이 떠나간 자리에
봄은 잊지 않고 화사한 봄볕을 몰고 왔다.
계절은 시샘도 다툼도 없이
순리에 따라 요란치 않은 이취임을 한다.
양지바른 공원에
냉이와 쑥이 옹기종기 터를 잡고,
까치들은 분주히 나무를 넘나들며 제 집터를 찾는다.
바람 많은 해엔 낮은 나뭇가지에
바람 적은 해엔 높은 나뭇가지에
농부들 한 해 농사 지휘하며
그렇게 말없이 제 삶을 살아간다.

고향 친구 모임 맞이하는 노년의 나이
마음만은 소풍 가는 일곱 살 아이

신발에 발을 넣기도 전에 손은 벌써
현관 문고리를 잡아 돌린다.
하얀 고무신 신고 단발머리 했던 친구들은
자연이 선물한 하얀 털모자 쓰고
얼굴에는 세월이 준 주름 훈장을 달고
거칠어진 손으로 마주잡겠지.
인생이 던져 준 무수한 숙제를
너희들이 있어 즐겁게 해 내었다.
한파 같은 인생의 바람 속에도
너희들을 만나는 길은 언제나 봄길.
충청도 고향 한골마을 초봄,
꽁꽁 언 땅 무거운 흙을 밀고 나오는
가냘픈 새싹에 가슴 떨리던 우리들은
험난한 인생을 밀어내고 꽃이 되어 피어났구나.

서정 치환置換의 메타포, 실존적 자각과 행복 만들기

서정 치환置換의 메타포, 실존적 자각과 행복 만들기
– 박복임의 수필세계를 중심으로

한상렬 | 문학평론가

1. 의식의 전초前哨 - 위대한 의식의 순간

지금은 낯선 풍경이지만 길을 가다가 우리는 문득 어떤 사람이 유리 칸막이 뒤에서 전화를 걸고 있는 장면과 맞닥뜨릴 경우가 있다. 그의 목소리는 들리지 않지만 대수롭지 않은 그의 모습이 마치 초상화같이 눈에 들어 올 때, 무엇 때문에 사는가, 하고 스스로에게 묻고 싶어질 때, 그런 경우는 아마도 자신의 삶에서 아무런 의미를 찾지 못했을 경우일 것이다. 마치 마네킹을 보고 있을 때와 마찬가지로 인간 자신의 비인간성 앞에서, 그리고 끝없이 사물화事物化되어 가는 우리들 자신의 모습에서 불안을 느끼게 된다. 카뮈가 호소하는 부조리의 속성일 것이다. 이런 과정을 거치면서 우리는 이윽고 '자기 자신에 대한 낯섦' 까지도 의식하게 된다. "어떤 순간에 우리가 거울 속에서 만나게 되는 이방인, 우리 자신의 사진에서 다시 찾게 되는 정답이지만 불안한 형체, 이것이 아마도 부조리일 것이다.

　박복임의 수필집《그 나무는 알고 있다》를 펴면 자연스레 다가오는 한 작가의 오롯한 존재적 자아와 조우한다. 그것은 무채색과도 같은 일상적 장면들이다. 어디선가 보았음직한 낯익음, 순연하고 담백한 정서적 이미지가 지성과 결합하면서 깊은 감동의 파장을 일으킨다. 그의 수필을 통괄하는 창작적 기법은 그다지 새로울 것이 없다. 변화에 편승한 패러다임도, 실험적 기법도 찾기 어렵다. 그의 수필 쓰기는 전통적 문법에 충실하고 있다. 그저 평범하고 잔잔한 문체에 일견 유약해 보이는 듯 한 작가적 톤이 소박하기 이를 데 없다. 그러함에도 왜 그의 수필이 읽히게 하는가? 그것은 다름이 아니다. 그의 수필이 독자에게 전달하고자 하는 메시지는 바로 카뮈의 '위대한 의식의 순간'에 대한 존재적 자각이면서 '자기 자신에 대한 낯섦'까지도 수용하는 '열린의식'에 있을 것이다.

　그 매력은 그렇다. 바로 작가의 진정성에 있을 지도 모른다. 삶을 바라보는 작가의 심중에 문득 일렁이는 격랑은 때로는 파문을 일으키기도 하지만, 대개는 잔잔한 파도가 되어 독자를 감동시킨다. 그것은 쓰나미를 동반하는 거대한 해일이 아니다. 모래톱에 부서지는 잔잔한 일렁임이다. 하지만 이는 작자의 고뇌와 내적 결단을 동반하는 해조음海潮音이다. 작가 박복임이 창조해

내는 수필의 매력은 여기에 있을 것이다. 그의 의식 세계의 편린, 작가의 삶에 대한 진정성을 엿보게 하는 의식의 전초에는 블랙홀과도 같은 부조리를 초월하는 타인에 대한 낯섦에서 행복을 만들어가는 공법에 다름 아니다. 이런 연유로 그의 작품은 특별할 것 없는 그저 평범한 일상에서도 진지한 삶의 문제를 탐색하게 되고, 문득 꿈에서 깨어나듯 경이로운 모멘트를 통해 삶의 진실에 눈뜨게 한다.

수필은 1인칭의 자아중심으로부터 출발한다. 박복임의 수필을 음미하노라면 그가 축조하는 그만의 성채에 함몰하게 한다. 그래 그의 수필은 한 마디로 자기 얼굴그리기다. 편 편마다 그의 수필에서 독자는 그가 짓는 얼굴과 만나게 되고 작가의 존재 성찰과 관조적 삶에 공감하게 한다. 독자들에게 감동을 주는 훌륭한 작품 속에는 이런 저자의 남다른 의식이 담겨 있게 마련이다. 그리하여 오래도록 독자에게 사랑을 받는 명작 속에는 적어도 그 저자의 전全 생애가 농축되어 독자를 흡인함으로써 감동과 정서적 미감에 함몰하게 하는가 하면, 적당한 거리를 두고 저자의 삶을 지각하게 하는 각성과 삶의 길을 제시하기도 한다.

수필작가 박복임은 자신만의 프리즘을 통해 사물을 통찰하고 해석해 내는 비범한 작가 정신을 보여주고 있다. 하여 그의 손에 이르면 세계의 모든 대상이 살아 숨 쉬게 하며 독특한 화법과 목소리로 배면에 의미와 행간에 철학을 담아 새롭게 사물을 형상화해내고 있음을 보게 한다. 그의 어느 작품을 보아도 마력 같은 흡인력과 존재의 진정성을 찾게 한다. 고정관념을 깨고 자신만의 새로운 성 쌓기에 진력하고 있음을 보여주고 있다. 특히 그의 수필에서는 사물을 바라보는 섬세의 정신과 기학학적 정신 세계를 간파하게 한다. 이 점이 작가 박복임이 추구하는 작가 정신이지 싶다.

박복임의 수필을 감상하노라면 새로운 것에 눈을 돌리게 한다. 이 어려운 시대에 어찌 살아야 하는지 그의 수필은 우리들에게 귓속말처럼 속삭인다. 아니 멀리서 온 반가운 이의 편지글처럼 삭막해진 우리들 마음을 촉촉이 적셔준다. 그래 삶의 두려움도, 절망까지 잠시 부려놓고 희망이라는 이름에 익숙하게 한다. 문학이란 철학의 명제처럼 논리적인 언어구조를 가지고 있지 않고, 모순적이며 비약적인 언어로 가득 차 있으면서도, 우리들 파괴된 내면을 조심스럽게 기우고 피 흘리는 상처를 닦아내지 않던가.

2. 회귀回歸의 공간, 서정 치환置換의 메타포

캐나다의 중국계 인문지리학자인 이후텅은 '토포필리아

Topophilia' 라는 말을 만들어 학계에 큰 관심을 일으킨 바 있다. 희랍어로 장소를 뜻하는 '토포Topo'와 사랑을 의미하는 '필리아Philia'를 합쳐서 만든 조어로 '장소애場所愛'라고 번역된다. 이는 한마디로 자연환경과 인간존재를 이어주는 정서적 관계를 나타낸 이론이니, 풍수 문화권에서 살아온 우리에겐 그 의미가 깊을밖에 없다. '통섭通攝'으로 유명해진 에드먼드 윌슨의 '바이오필리아Biophilia 生命愛'가 이를 원용한 것으로 알려져 있으나, 시인 김소월은 이들보다 반세기도 전에 몇 줄의 시로 토포필리아가 무엇인지를 보여주었다. "엄마야 누나야 강변 살자/ 뜰에는 반짝이는 금 모래빛/ 뒷문 밖에는 갈잎의 노래/ 엄마야 누나야 강변 살자" 후렴을 빼면 다 합쳐도 30자밖에 안 되는 시詩이지만, 여기에 한국인이 살고 싶어 하는 공간이 숨은 그림처럼 감춰져 있다. 그래 이어령은 빛과 바람소리로 진동하는 이 방향, 감각, 물질로 이루어진 공간인 뜰 앞에 흐르는 강물과 뒷문 밖을 에워싼 산의 전체적 경관을 토포필리아라는 공간애로 대신하였다.

우리에게는 누구랄 것 없이 때때로 유년의 추억을 떠올리게 하는 그런 아련한 추억의 공간과 시간을 지니고 있다. 지금은 희미한 기억 속에 남겨진 추억의 갈피마다 고통스런 과거의 모습이나 즐겁던 기억일지라도 중년에 이르러 돌아보는 유년은 아름답기만 하다. 그렇다. 삶이라는 도정 위에서 회억하는 지난 시간이

때론 가슴 시리기도 하지만, 그 안에 절망과 희망이 직조된 꿈의
무늬가 꿈틀거린다. 그런 아픔의 시간과 공간 돌아보기는 과거
를 통해 현재를 바라보고 미래를 내다보기 위함에서일 것이다.

　박복임의 수필집의 표제인 '그 나무는 알고 있다'는 이런 토
포필리아와 접맥되어 있다. 이는 이 수필집의 핵심 모티브이자
키워드다. 수필집 전체를 통괄하는 작가 정신은 바로 '고향바라
기'라는 언어적 기표에 집중되어 있다. 일상인의 내면의 근저에
흐르는 맥박과도 같은 강물의 흐름, 그 흐름의 원류에는 고향이
있다. 어디 고향뿐이랴. 고향이란 공간에는 부모가 잔존하고 형
제가 더불어 있으며, 결혼과 더불어 새로운 가족관계가 형성된
다. 그리고 이웃…. 관계형성의 틀 안에 상존하는 '나'를 중심으
로 한 모든 이들이 작가의 시선이 착목하는 공간이자 객체다. 하
여 누구랄 것 없이 우리들 일상은 이들과 조우하고 관계맺기에
정박하기 마련이다.

　　깊어 가는 겨울밤, 조용한 산골 마을 뒷산에서 부엉이가 울어 대
　　면 문밖에 나가지 못하고 벌벌 떨던 기억도 울컥 가슴을 파고든다.
　　부모형제, 친구들, 고향에 있는 한 그루 그 나무마저 사무치게 그립
　　다.

　　그 나무는 오랫동안 고향을 지키고 있다. 아마 모든 사람들의 사
　　연을 다 알고 있을 것이다. 나의 어렸을 적 슬픔도 잊지 않고 기억해
　　줄 것이다. 가난이 아버지 탓이라고, 왜 우리를 두고 일찍 가셨느냐

며, 얼굴도 모르는 아버지를 한없이 원망했던 그 무수한 날들도.

늦가을이면, 마을 집집마다 새 이엉을 올렸다. 다가올 겨울을 대비하는 것이다. 가장이 없는 우리 집은 언제나 꼴찌였다.

- 〈그 나무는 알고 있다〉에서

이렇게 우리에겐 평생토록 그리워하는 대상이 하나둘쯤은 있게 마련이다.

화자의 내면에 침잠되어 있는 '그 나무'는 화자로 하여금 수다한 상상과 사유를 일으키게 하는 매체다. 무시로 떠오르는 고향지킴이인 한 그루의 나무가 화자에겐 유년의 아픔과 고뇌가 함께 묻어나온다. 곤고했던 삶의 흔적과 미래에의 희망 그리고 그 나무가 뿌리내린 가족이란 동심원이 사유, 즉 코기토Gogito의 토양이다. 그런 고향을 반추할 때마다 '사무치게' 그립다. 그 회귀의 공간에 '그 나무'는 화자의 모든 것을 간직한 매체다. 아니, 나무는 화자의 자화상에 다름이 없다.

서른여덟의 젊은 여인이 올망졸망 어린 다섯 남매 키우는 것이 안쓰러워, 낮일이 끝나면 마을사람들은 우리 집 마당으로 모여들었다. 감나무에 매달린 희미한 호롱불 아래서 서둘러 이엉을 엮었다. 새 지붕을 만들어 주던 마을 사람들의 깊은 정도, 그날 밤 유난히 밝았던 달빛과 별빛도 그 나무는 기억할 것이다.

(중략)

불현듯 고향 생각에 올케언니에게 전화를 했다. 오랜만에 고향이 그립고 가고 싶지만 사정이 여의치 못해 가지 못한다고, 얼마 되지 않는 돈을 입금했노라 했다. 스물넷에 시집와서 홀시어머니 모시고 고생한 외며느리에게 돈 몇 푼 입금한 것이 대단한 일은 아니다. 없는 집에 시집와서도 힘든 내색 없이 시가의 형제들을 두루 보살피는, 세상 어디에라도 자랑하고 싶은 분이다. 시누이가 위아래로 넷이나 되는, 언뜻 보면 하루도 못 살고 도망칠 것 같은 시집이련만, 참으로 현명하게 집안을 이끌어 간다.

- 〈그 나무는 알고 있다〉에서

나무는 화자의 집안내력이며 곤고했던 삶의 현장을 지켜보고 있었다. "서른여덟의 젊은 여인이 올망졸망 어린 다섯 남매를 키우는 게 안쓰러워" 했을 일이고, "마을 사람들의 정情"이 깊던 그날 밤 달님과 별빛도 기억하고 있을 것이다. 이런 자기 관조와 성찰이 이 수필의 지배소임은 '나무'가 화자의 서정 치환置換의 메타포로 작용하고 있음을 간파하게 한다.

이렇게 독자들에게 감동을 주는 훌륭한 작품 속에는 그 작품을 창조해 낸 저자著者의 남다른 의식이 담겨 있다. 적어도 저자의 전 생애가 농축되어 독자를 흡인함으로써 감동과 정서적 미감에 함몰하게 하는가 하면, 적당한 거리를 두고 저자의 삶을 지각하게 한다. "가난은 죄가 아니고 단지 불편할 뿐이라고 하지만, 직접 겪은 가난은 참 슬프고 비참하고 창피했다. 가난했기에 가고 싶었던 학교도 가지 못하고, 그렇게 좋아하던 책 한 권도 살 수 없었다. 참담히도 슬프고 아픈 어린 내 마음을 그 나무는 알고 있을 것이다."라는 고백이 가슴에 와 닿는 것은 일상이 일상 이상의 메시지를 담고 있기 때문일 것이다. "내일은 둥근 달이 온천지를 비추는 한가위다. 내 어린 날을 모두 기억하고 있을 고향집 앞마당 감나무에도 달빛이 가지마다 가득 걸릴 것이다. 내일 밤에는 고층아파트 사이에 비추는 달빛이라도 바라보며 향수를 달래야겠다."라는 결미의 진술이 바로 작가 박복임의 진정성이자, 마음결이 아닐지 싶다.

내가 관협착증이라는 진단을 받고 보니 이제야 버겁게 따라 오시던 엄마가 이해가 된다. 엄마는 서른여덟에 남편과 사별하고 가장이 되셨다. 작은 체구로 산을 오르내리며 땔감을 마련하고 손수 머리로 이어 나르셨다. 집 안팎의 대소사를 혼자의 몸으로 이겨 내며 다섯 남매를 키우셨다. 산나물을 캐서 내다 팔고, 밤이면 삯바느질로 한 푼 두 푼 모아서 우리를 가르치셨다. 그러고도 해준 게 없다며 항상 미안해 하셨고, 아프단 말씀은 한마디도 없으셨다.

결혼하고 아이들 재롱을 보면서 내 생활이 편안할 때, 엄마 건강을 더욱 살폈어야 했다. 천하장사도 아니고 삼사십 년을 혼자 아이들을 키우며 뒷바라지하셨는데, 어떻게 엄마 몸이 세월을 이겨낼 수 있었겠는가. 굽은 등은 자연의 섭리가 아니라는 걸 그때 알았어야 했다. 박복함이 장난질 치듯 엄마의 곧은 등뼈를 흩드릴 때 보란 듯이 나서서 의사를 찾고 치료사를 찾아야 했다. 허리를 교정시켜 드리고 침대도 사 드려야만 했다.

- 〈엄마가 보고 싶다〉에서

화자의 회귀나, 서정치환이 어디 고향의 '그 나무' 뿐이랴. 어머니에 대한 회상 역시 이와 다르지 않다. 남편과 사별하고 "혼자의 몸으로 이겨내시며 다섯 남매를 키우셨다."던 어머니의 삶의 고뇌와 고단함을 화자는 비로소 자각한다. 그 "엄마의 지팡이가 되어 손잡고 산책도 다녔어야 했다."는 회오悔悟의 정서가 독자로 하여금 자기화와 동화에 공감케 한다.

이런 가족사를 묵묵히 지켜보았을 '그 나무'는 바로 화자 자신의 분신이 아닐까. 젊을 때 나는 "아이 셋을 키우는 생활이 늘 힘에 버거웠다. 남편의 외벌이 월급은 늘 빠듯했고, 전업으로 꿈을 펼치지 못하는 것도 원망스러웠다. 크고 작은 힘든 일이 있을 때마다 속사포처럼 하소연을 쏟아냈다. 묵묵히 듣고만 계시던 엄마, 그 마음은 얼마나 아리고 힘들었을까."라는 어머니와의 동일시가 가슴 시리게 한다.

결국 수필은 자아투영의 자화상을 그림으로써 자기만의 성을 쌓는 일이 아니겠는가. 군이 수다한 언어로 현란한 수식과 분장을 하지 않다하더라도 화자의 진솔하고 솔직 담백한 언어적 성찰이 문학화의 길을 가고 독자를 감화시킬 것이다. 박복임의 수필은 이렇게 평범한 듯 하면서도 내재된 존재인식의 깊이를 느끼게 한다.

3. 실존적 자각, 그 의식의 의미망 짜기

우리들 시선이 머무는 곳에 마음도 머물기 마련이다. 그냥 스쳐지나버리기 쉬운 일상 속의 작은 정물 하나에도 그들만의 대화가 있고, 숨결이 있다. 다만 우리에게 그것을 읽어내는 노력이 부족하거나 등한시하는 습관이 있어 때로는 말문이 닫혀 있을 뿐이다. 그래 내가 가슴을 열고 다가서야 상대도 마음의 문을 연다. 그러면 작은 소품 하나에도 화답하게 된다. 온 우주의 중심이 자신이라면 그런 작은 일상들도 내 주위를 맴도는 행성이된다. 그들이 있음으로 우주는 존재하고 내가 살아 있음을 증명하는 유일한 수단이기도 하다. 존재는 그 자체만으로도 어둠 속에 갇혀 있다. 그것이 언어의 창문을 통해서 우리들에게 인식될 때 비로소 빛을 받고 그 윤곽을 드러낸다. 이런 의미에서 "언어는 존재의 집이다."라는 하이데거의 말은 설득력을 갖는다.

화자는 46년 전에 백마 탄 왕자를 만났다고 술회하고 있다. "그 사람은 서울에서 회사를 다니는, 평범한 가정에서 태어난 8남매 중 막내였다." 라고 수필 〈따뜻한 그늘〉에서 진술하고 있다. 막내아들이어서 온갖 응석에 능했다는 남편이다. 그런 남편이 이제 백마 탄 왕자로 환생하여 화자의 앞에 있다.

'기회는 기다리는 사람에게 온다'고 하던가. 내게도 대학원에 입학할 기회가 찾아왔다. 아이들은 모두 성장해 각자 자기의 길을 걷고 있지만 남편이 대장암 말기, 생존율 30퍼센트의 가느다란 생명줄을 잡고 있을 때였다. 생명이 오늘내일하는, 불확실한 상태여서 남편에게 오롯이 헌신해야 할 상황이었다. 그렇지만 내 나이도 육십 줄이니 이번이 아니면 공부할 기회는 없겠다 싶었다. 아니, 이렇게라도 나에게 보상을 해야 남편의 병간호를 더 잘 할 수 있을 것 같았다.

- 〈따뜻한 그늘〉에서

늦깎이로 배움의 길에 들어선 화자에게 있어 남편의 존재는 자연스럽게 실존적 자각의 단서가 된다. 화자가 배움을 선택할 무렵 남편은 대장암 말기, 생존율 30%의 절체절명의 시기였다 한다. 주변 사람들이 나에게 "당신 참 독종이다, 아무리 공부가 하고 싶어도 그렇지 어떻게 그런 남편을 두고 학교에서 공부가 머릿속에 들어가더냐?" 라고 물어도 흘려들었는데, 내 욕심을 채우고 졸업을 하고 나니 남편의 마음이 헤아려진다, 라고 할만치 어쩌면 무모한 일일지도 모를 배움에의 요구의 해소는 화자에게 있어 '백마 탄 왕자' 같은 남편이 있었기에 가능했을 일이겠다. "시간이 흘러 남편은 다행히 완치 판정을 받았다. 그때 아픈 남편 두고 학교에 다닌다고 하면 정신 나간 여자라고 할 것 같아 시댁에는 마음 졸이며 숨겼다. 그 세월이 지금은 우리 부부에게 웃음으로 다가온다."라는 자기성찰이 존재자각의 인식의 다가온다. 이런 의식의 의미망 안에 남편이 들앉아 있다. "다정한 남편은 아니었지만, 인생의 고비마다 남편은 나에게 나는 남편에게 그늘이 되고 서로 의지하며 살아왔다. 남편만큼이나 무뚝뚝한 나는 남편에게 결혼 후, 처음으로 말했다. "백마 탄 왕자인 당신 덕분에 나는 오늘도 참으로 행복하다"고. 이런 결미의 진술이 바로 행복 만들기일 것이다.

　이처럼 인간의 궁극적 목적이나 가치의 문제는 삶의 '의미'에 관한 것이었다. 살되 그냥 되는 대로 사는 게 아니라 옳고 가장 보람 있게 살고자 하는 것이며, 그럼으로써 삶의 의미를 찾자는 것이었다. 인간에게는 인간으로서 살고자 하는 내재적 필연성이 있다. 이러한 내재적 요청은 넓은 의미에서의 윤리적 요청일 것이다. 이 경우 하이데거Martin Heidegger에 의하면, 윤리란 원래 희랍어의 '에토스ethos'란 어휘에서 연유한 것으로 우주나 인간이 가진 '거처'나 '자리'를 뜻한다. 그러므로 윤리적 문제는 인간이 인간답게 사는 문제, 우주 안에서 자기 본연의 모습을 찾아내고 그에 따라 살아가는 문제에 지나지 않을 것이다.

"멀고도 어두운 긴 터널을 지나왔다."는 서두의 언술을 시작으로 열리는 수필 〈기적奇蹟〉은 화자가 체험한 삶과 죽음이라는 문제에 천착하고 있다. "7년 전 이른 새벽, 잠결에 눈을 떴다. 평소 잠버릇이라고는 없던 남편이 배를 움켜잡고 방바닥을 헤매고 있었다. 느닷없는 상황에 나는 몹시 놀랐다. 허둥지둥 남편을 택시에 태우고 서울대학병원 응급실로 향했다." 이쯤하면 당자는 물론이려니와 아내인 화자의 심회도 이만저만 아닐 것이다. 남편은 '대장암 3기'의 판정을 받았고. 이후 병마와의 전쟁이 시작되었다. 어쩌면 삶과 죽음의 경계를 가르는 싸움일 터이다. "가장 무서워해야 할 악惡, 죽음은 우리들과는 아무 관계가 없다. 우리가 존재하는 한 죽음은 존재하지 않고 죽음이 찾아 왔을 때 우리는 더 이상 존재하지 않기 때문이다."라는 에피큐러스 Epicurus의 유명한 금언이 의미하는 바는 이러한 사유를 통해서 우리가 죽음으로부터 벗어날 수 있음이 아니라 죽음의 공포로부터 벗어날 수 있다는 것이었다.

대장암과의 전쟁이 시작되었다.
　이미 암이 많이 진행되었기 때문에 진단에 이어 곧바로 수술 을 위한 검사를 마쳤고, 하루도 채 되지 않아 수술대에 올랐다.
　수술 전날 밤, 남편은 잠을 못 이루는 눈치였다. 행여 수술 도중 잘못되기라도 하면 가족들 얼굴을 다시는 못 볼 수도 있는 터였다.

　이른 아침 수술 팀이 이동식 침대를 밀고 병실로 들어왔다. 가족
중 누구도 입을 열지 못했다. 나는 애써 태연한 척 용기를 냈다.
　"여보, 그까짓 대장암 걱정 말아요. 대장암은 잘라내기만 하면 되
니까 가서 한숨 푹 자고 나오면 될 거에요. 남자가 무슨 겁이 그렇게
많아요."
　말을 그렇게 했지만 나 역시 숨도 못 쉴 만큼 떨고 있었다.
　남편의 대장 60센티미터가 잘려 나갔다.
　남편은 백지장 같은 얼굴로 이동식 침대에 누워 수술실을 나왔다.
수술이 무사히 끝났다는 안도감도 잠깐, 수술 후의 통증이 모두를
불안하게 했다. 연신 무통 주사기 버튼을 누르는 손만이 남편이 살아
있다는 사실을 보여 주는 듯했다.

　- 〈기적奇蹟〉에서

　이렇게 수술이 진행되었지만, 안도감도 잠시 "퇴원과 함께 기
나긴 항암 치료가 시작되었다. 독한 항암치료와 복잡한 검사로
3개월을 보냈다. 또다시 6개월의 항암치료와 약물치료가 계속
되었다." 그리고 대장에서 시작된 암이 1년 동안 그의 가족을 조
여 오더니, 이제는 간으로 전이되었다, 고 했다. "하늘이 노랗고
땅이 무너진다는 표현도 하늘과 땅을 가늠할 수 있는, 정신이 있
는 사람들이 만들어 낸 표현이란 걸 그때 알았다. 쓰러지려는 남
편을 부둥켜안고 어떻게 입원수속을 밟았는지 모르겠다. 성실하

고 소박하게 살아온 우리에게 하늘이 이유 없이 날벼락을 내리치는 것 같았다.”라는 화자의 고백인 존재인식의 절망적 상황이었으리라.

그 후 남편은 다시금 수술대에 올랐다. “간의 3분의 1을 잘라내는 10시간의 대수술이다. 대기실에서 10시간의 기다림은 우리에게 너무나 가혹했다.”는 긴 터널이 그녀를 기다렸다. “간으로 전이된 대장암 4기입니다. 생존율은 30%입니다. 이제 댁에 돌아가서서 음식 골고루 잘 드시고 운동 열심히 하세요. 의사들이 해 줄 수 있는 것은 암 덩어리를 제거해 주는 것이지요. 나머지는 본인의 몫입니다.”라는 의사의 절망적 선언이 기다리고 있었다. “나는 의사의 얼굴을 할퀴고 싶은 심정이었다.”는 화자의 솔직하고 절박한 선언이 실존적 자각의 적실한 표현이리라.

수필작가 박복임은 불굴의 조력자였다. 아니, 영혼의 위로자, 영혼의 치유자였다. 남편을 살리고자 하는 화자의 집념과 노력은 무엇이고 도움이 되는 것을 찾았다. 그 결과 암과의 전쟁에서 승리를 쟁취했다. 그리곤 “발병 이후, 7년이 흐른 2014년 12월 18일 서울대학병원 주치의는 완치라는 판결을 내려 주었다. 순간 이 세상 모든 것을 다 얻은 듯 가슴이 벅차올랐다.”라는 언술은 블랙홀로부터의 탈출기의 종점이었다. 그야말로 ‘기적’이었다. 그의 문학적 승리요, 그가 짓는 성채城砦다.

칼릴 지브란Kahlil Gibran은 이름 그대로 '영혼의 위로자'요, '영혼의 치유자'였다. 그의 아름다운 영혼의 언어는 불확실한 이 시대를 살아가는 우리에게 긍정적 사고와 행동으로 세상을 바라볼 것을 속삭인다. 그가 말한다. "작품을 만드는 유일한 방법은 내 속에 있는 최선의 것을 모두 끌어내는 것"이라고. 이는 우리에게 내면세계의 자아를 통해 글을 써야함을 웅변으로 말해 준다.

4. 수필로 짓는 행복 만들기

알랭Alain은 그의 《행복론》에서 "불행해지고 불만스러워지는 것은 어려운 일이 아니다. 사람들이 즐겁게 해 주길 기다리는 왕자처럼 가만히 앉아 있기만 하면 된다. … 그러나 행복하게 되는 것은 언제나 어려운 일이다. 나에게 분명한 것은 행복해지기를 원치 않으면 행복해 질수는 없다는 것이다. 그러므로 우선 자기가 행복해지길 원하고 이를 만들어 가야 한다."고 했다.

슬픈 노래가 좋다는 작가, 그가 수필가 박복임인가 보다. 유년 시절 그는 '섶집아기'를 좋아했다고 한다. 그래 비가 죽죽 내리는 날이면 우산도 쓰지 않고 비를 흠뻑 맞길 좋아했던 작가. 비 오는 날 슬픈 노래는 심신의 안식처가 되었다는 작가이다.

지금도 힘이 들고 어려움이 닥치면 나도 모르게 '섬집아기'를 흥얼거리지만, 십여 년 전 남편이 사형선고와도 같은 대장암 4기, 시한부 선고를 받은 날부터 '기러기' 노래를 즐겨 부르게 되었다.

처자식 먹여 살리기 위해 평생 고생한 남편이 퇴직하여 이제 좀 편히 쉬려나 했을 때였다. 암이라는 청천벽력 같은 불청객이 침범하여 꼼짝 못하게 옭아맸다. 그때 목울대를 타고 나오는 노래가 바로 이 노래였다.

- 〈슬픈 노래가 좋다〉에서

하지만, "남편의 건강도 철새처럼 다시 찾아왔다. 생과 사의 기로에서 두려움과 외로움에 벌벌 떨며, 그 먼 길을 오락가락 할 때의 애달픈 심정을 어찌 다 감당하며 여기까지 살아 왔을까. 모든 것 극복하고 여기 현실의 삶에 충실하고 있는 남편이 무척이나 고맙고 애틋하다. 힘든 과정을 극복하고 나니 오늘과 같은 기쁜 날이 있는 것을." 이라고.

화자의 이런 긍정적인 삶의 자세가 바로 수필로 짓는 '행복 만들기'가 아닌가. "누군가에겐 슬프기만 한 노래가 내게는, 무거운 현실을 짊어지고 춤추듯 인생의 고개를 넘을 수 있는 힘이 되어 주었다."는 화자의 진술이 독자를 감동하게 한다. 좋은 수필은 이렇게 수다數多한 수식이 아닌 평범하고 소박한 언술을 통해서도 얼마든 독자와 더불어 교감하게 한다.

모처럼 내가 세상에서 가장 귀한 손님이라고 자칭하면서, 그동안 아껴 두었던 예쁜 커피 잔에 커피를 따르고 마주 앉는다. 향긋한 커피 향이 온 집 안을 날아다니며 나를 어루만진다.

문득 내 눈길 머문 곳에 가족사진이 있다. 어린 삼 남매의 초롱초롱한 눈망울이 금방이라도 사진 속에서 뛰어나올 것만 같다. 사진 속의 아이들과 대화를 나누다 보니 옛일이 아스라이 떠오른다.

- 〈스무 번째 생일〉에서

"행복이란 스스로 원하고 만들어 가야만 하는 것"이라고 세네카는 말했다. 박복임의 수필 〈스무 번째 생일〉은 딸이 대학교에 들어가 첫 생일을 의미하고 있다. "이십사 시간을 내 혼자 마음대로 쓸 수 있는 것." 그 시간에 화자는 의미를 부여하고 있다. 그래 그는 자신을 일러 '귀한 손님'으로 자칭하고 있다. 딸아이의 생일을 축하하는 자리에서 딸아이는 "낳아 키워 주시고 공부시켜 주셔서 감사합니다."라며 하얀 봉투를 내민다. 행복이란 이런 작은 기쁨에서부터 비롯되지 않는가. 수필 〈놀자〉 역시 이와 맥락을 같이 한다. 가족은 우리들 삶의 기반이다. 그래 그 가족 성원이 만들어 가는 동심원은 행복 만들기의 기초일 것이다. 이 수필 역시 과거 지향의 회고적 수필이다. "서른여덟에 혼자 되신 엄마는 항상 우리 다섯 남매에게 많은 주문을 하셨다."라는 행간의 의미가 이젠 손녀의 '놀이'를 통해 '놀자'의 의미화를 통해 행복 만들기에 또 다른 한 축을 이루고 있다.

화자의 행복 만들기는 이로서 끝이 아니다. 어쩌면 그 정점에 〈116번 버스기사님〉이 있다. 24년 전의 회고다. 스토리 중심의 서사적 기법으로 창작된 이 수필은 글자 그대로 딸아이의 116번 버스 기사와의 만남을 진솔하게 서술한 작품이다. "그때 자동차 한 대가 달려와 우리 동 앞에 멈추고 문이 열린다. 딸과 함께 내린 사람은 기사와 기사의 부인이다."라는 대목에서 화자의 불안과 긴장은 눈 녹듯 녹아내린다. 비인간화의 삭막한 시대에도 따스한 인정을 지닌 사람들이 있어 행복하지 않은가. 그 행복 만들기의 한 축에 '116번 버스기사'가 있다. 이렇게 박복임의 수필은 작은 데서 행복을 찾고 행복을 짓는 작가임에 틀림이 없다. 수필 〈서른 살 용기〉나 〈어느 가을날 아픔〉 또한 이와 맥락을 같이하고 있다.

　이렇게 우리는 누구나 일상적 삶을 살아가고 그 삶의 이야기가 곧장 수필이 된다. 그렇기에 수필은 삶의 이야기 곧 인간학이라 할 수 있다. 여기서 분명한 것은 일상을 소재로 하여 수필은 창조된다는 점이며, 일상 속에 숨어 있거나 묻혀 있는 삶의 진실과 본질을 미적으로 관조하여 인식과 깨달음의 언어로 들려준다는 점일 것이다. 이 경우 일상이란 늘 낯익거나 통속적이거나 타성적이어서 감동을 지니기가 그리 쉽지 않다. 다만 동일한 대상과 사물일지라도 이를 작가 자신이 어떤 시선으로 바라보며 어떻게 새롭게 직조하느냐에 작품의 성패가 달려 있을 것이다.

5. 나가기

박복임의 수필은 우리들에게 귓속말처럼 속삭인다. 아니 멀리서 온 반가운 이의 편지글처럼 삭막해진 우리들 마음을 촉촉이 적셔준다. 그래 삶의 두려움도, 절망까지 잠시 부려놓고 희망이라는 이름에 익숙하게 한다.

작가란 누구인가? 그는, "문학의 창작 활동을 전문으로 하는 사람"이다. 'author'란 저자著者 즉 작가다. 삼국지의 저자 진수陳壽에 의하면, 이는 "집안을 다스린다."는 의미로 어떤 분야의 전문가를 말한다. 곧 장인匠人성에 초점을 맞춘다. 수필작가 박복임의 수필집《그 나무는 알고 있다》에 통괄하고 있는 작가 정신은 '작은 것에서 찾는 행복 만들기'다. 한마디로 "서정 치환置換의 메타포, 실존적 자각과 행복 만들기"이다. 이런 의식의 전초前哨에서 평자는 그의 수필집《그 나무는 알고 있다》에 나타난 경향성 특징을 '회귀回歸의 공간, 서정 치환置換의 메타포', '실존적 자각, 그 의식의 의미망 짜기', '수필로 짓는 행복 만들기'로 규명하고자 하였다.

박복임의 수필집 《그 나무는 알고 있다》는 어디선가 보았음 직한 낯익음, 순연하고 담백한 정서적 이미지가 지성과 결합하면서 깊은 감동의 파장을 일으킨다. 그의 수필을 통괄하는 창작적 기법은 그저 평범하고 잔잔한 문체에 소박한 작가적 톤이 독자를 감동하게 한다. 이는 비약하면, 카뮈의 '위대한 의식의 순간'에 대한 존재적 자각이면서 '자기 자신에 대한 낯섦' 까지도 수용하는 '열린 의식' 일 것이다.

동시에 수필작가 박복임은 자신만의 프리즘을 통해 사물을 통찰하고 해석해내는 비범한 작가 정신을 이 수필집에서 보여주고 있다. 하여 그의 손에 이르면 세계의 모든 대상이 살아 숨 쉬게 하며 독특한 화법과 목소리로 배면에 의미와 행간에 철학을 담아 새롭게 사물을 형상화해내고 있음을 보게 한다. 그의 어느 작품을 보아도 마력 같은 흡인력과 존재의 진정성을 찾게 하며, 자신만의 새로운 성 쌓기에 진력하고 있음을 보여주고 있다.

흔히 "아는 만큼 보인다." 라고 한다. 이는 "생각하는 만큼 쓰인다." 라는 환치가 가능하다. 폴 드만Paul de Man에 의하면 "사물을 표현하는 언어 자체는 어떠한 형태의 고정성도 무위로 돌려버리는 원칙을 지니고 있다." 고 했다. 이 말은 수필 창작에서의 사물과 대상의 통찰을 강조한 말이겠다. *